Sword Art Online 刀劍神域外傳

Gun Gale Online

11

5th特攻強襲（上）

Sword Art Online Alternative
Gun Gale Online 11
5th Squad Jam

時雨沢恵一
KEIICHI SIGSAWA

插畫／黑星紅白
KOUHAKU KUROBOSHI

原案・監修／川原 礫
REKI KAWAHARA

Kadokawa
Fantastic
Novels

CONTENTS

Sword Art Online Alternative
Gun Gale Onli
5th Squad Ja

Sword Art Online刀劍神域外傳

GUN GALE ONLINE

11

5th Squad Jam

時雨沢恵一
KEIICHI SIGSAWA

插畫／黑星紅白
KOUHAKU KUROBOSHI

原案・監修／川原 礫
REKI KAWAHARA

Kadokawa Fantastic Novels

SECT.1

第一章　事不過五

二〇二六年九月十二日。

某個星期六的二十點，也就是晚上八點——的七分鐘前發生的事情。

蓮她……

「磅安！」

聽見Pitohui說出省略到極點，根本不知道是什麼意思的招呼。

不對，或許根本不能稱為招呼。可能只是一看見對方的瞬間就發出的開槍聲。

地點當然是使用所有五感來享受的完全潛行型ＶＲ遊戲「Gun Gale Online」裡面。在只有檔案的世界裡建造出來的首都「ＳＢＣ格洛肯」當中，某間像是會出現在西部電影裡的酒場其中一間包廂內。

虛擬角色身高不到一五〇公分的蓮，身穿常見的暗沉粉紅色戰鬥服，然後罩著上街時必備的深茶色斗篷進入酒場的包廂。

「晚安，Pito小姐——只有妳一個人？」

一看之下，中央放置了十人座圓桌的寬敞房間裡只有一個人而已。

深藍色緊身工作服包裹著纖細高挑的身軀，黑髮在很高的位置綁成馬尾，然後褐色肌膚的臉上有著幾何學圖樣刺青的女性玩家獨自待在包廂內。

這名無論怎麼看都是Pitohui的女子……

「其實我是M……早上一起來……就被換過來了……」

以刻意壓到最低的聲音斷斷續續地這麼說道。

聽見對方發言後，蓮……

「冰紅茶。」

就只有這麼一句話。

立刻從桌子底下咻一聲出現附帶蓋子與吸管的杯子。蓮脫下斗篷，其實只是用左手操作將其收納到倉庫欄——接著坐到椅子上。

「小蓮，配合度太差了吧～」

雖然Pitohui嘛起嘴來這麼說，但這種程度的事情就有所反應的話，根本就無法擔任Pitohui的隊友。

輕坐在圓桌前的蓮以小手拿起冰紅茶的杯子，接著把它對著Pitohui說：

「Pito小姐，我們先乾杯吧？」

「真拿妳沒辦法。乾杯！」

Pitohui舉起桌上的大啤酒杯。裡面裝著混雜了綠色與茶色，像是直接把飛蝗融化掉的液體，沒有人知道那到底是什麼飲料。

杯子與啤酒杯輕輕互吻了一下後，兩個人就大口喝下飲料。

兩個人緩解了虛擬的口渴後，Pitohui就以認真的表情嚴肅地宣告：

「今晚——像這樣要大家聚集在這裡不是為了別的。」

「還沒有任何人來喔！」

「哦，謝謝吐嘈。」

蓮沒辦法再無視下去了。

大約十分鐘後——

「今晚——像這樣要大家聚集在這裡不是為了別的。」

Pitohui又說了了一遍剛才的話。

然後這次圍著圓桌的成員全部到齊了。

蓮旁邊是不可次郎。

跟平常一樣是把金色頭髮紮起的髮型，加上多地形迷彩上衣、短褲以及褲襪。

對面的旁邊是夏莉。

身穿畫著真實樹木圖案的森林迷彩外套與茶色工裝褲。因為在室內所以沒有戴帽子，露出她鮮豔的綠色短髮。

她的對面坐著克拉倫斯。

打扮是特警隊般全套黑色戰鬥服，加上她宛如寶塚男性角色般英俊的笑臉。

再來是M。

這名像熊一樣的壯漢，上半身是全綠色的T恤。下半身則是平常那件刺眼的迷彩戰鬥褲。過去在ＳＪ４一起戰鬥，前陣子共同克服「Five Ordeals」任務的六名「伙伴」——嗯，他們的確是可以如此形容的一群人。

「也就是要不要參加第五屆ＳＪ的會議對吧？今天白天收到決定舉行以及募集參賽者的訊息了。」

克拉倫斯這麼說……

叭噗叭噗。

房間裡響起喇叭的聲音。

一看之下，發現Pitohui右手竟然拿著捏緊球狀唧筒來發出聲音的喇叭。她是什麼時候拿出來的？

那就是所謂的「叭噗喇叭」，更加正式一點的名稱則是「Cheer horn」。現實世界的話到大型樂器行就買得到。不然就是網購。

蓮現在才知道GGO裡也有這種道具。然後同樣不知道為什麼要有，也不知道Pitohui為什麼要買。這是思考也沒有用的事情。

「嗯，答對了！」

Pitohui的聲音……

「太棒了！」

讓克拉倫斯直率地表現出喜悅……

「不是的話還會來嗎？」

旁邊的夏莉卻繃著一張臉。也就是跟平常一樣。

然後夏莉或許是害怕這樣下去事情可能完全不會有進展……

「反正也是這些成員要參加SJ5吧。知道了，我也參加。因為是種子隊所以沒有預賽吧，當天我會準時參加。就這樣。我可以走了嗎？」

俐落地說完這些話後。就用吸管喝起不加奶精只加糖的冰咖啡。應該是打算在離開前把它喝光吧。

「哎呀，夏莉小妞別這麼快做結論嘛。」

Pitohui揮舞著喇叭這麼說道。

「別叫我小妞。」

「是是是——那麼包含夏莉在內的諸位。今天就來談談關於特殊規則的事情吧。」

不可次郎打開原本啜著檸檬氣泡水的嘴巴。

「什麼特殊規則啊？又有什麼奇怪的束縛了嗎？」

妳這傢伙，根本沒看收到的訊息吧？

蓮心裡這麼想，但沒有說出口。

不過再次確認了出現在這裡的不可次郎確實是不可次郎。應該說，看了的話就是別人了。

「不可小妞，妳又沒看訊息了吧。」

叭噗叭噗。

這聲喇叭的意思是？

蓮心裡這麼想，但沒有說出口。

Pitohui迅速揮動左手，操作起只有她看得見的騰空視窗。只見她一下動著手指一下做出觸碰視窗的動作。

最後房間角落的牆邊就出現一個巨大螢幕。

實際上到剛才為止都還是花朵圖樣的壁紙一瞬間就變成一面足有100英吋以上的螢幕，而且上面還顯示著文字。

這種時候虛擬世界真的很方便。一旦習慣之後，就會覺得現實世界很不方便。

「好了，這就是今天白天收到的將舉行ＳＪ５的通知。我們來複習一下吧。不可小妞，捲動螢幕的工作就交給妳了。」

「二〇二六年九月十二日　十三點整。

親愛的諸位：

你們好嗎？我很好。

這封訊息會傳送給所有曾經參加過Squad Jam（以下簡稱ＳＪ）的玩家。

應該不用再說明了才對——我是ＳＪ的發起人兼贊助商的作家。

前幾天統一開始的『Five Ordeals』任務，劇本就是由我所創作。在此要謝謝當時來參加的諸位玩家。

但是我在網路上似乎受到……

『這是什麼結局啊！』

或者……

『別開玩笑了混蛋！』

又或者……

『我是貓派的！』

等等嚴重的詆毀哦？

嗯，最後的可能不算詆毀吧。順帶一提我也不討厭貓咪。只是對貓過敏所以不能養而已。

但是被人批評成這樣，老實說我很傷心。

不過這封訊息不是為了報這個仇，所以這次就先不管這件事了。

我心裡沒有恨喲。嗯嗯，絕對沒有任何恨意……沒有任何恨……」

在第一個畫面看完這些內容……

「啊，看來這傢伙充滿恨意。真是固執耶。」

不可次郎以傻眼的口氣這麼說道。

由於大家都同意這個觀點，所以全都默默點了點頭。

事到如今，每個參加ＳＪ的玩家都知道贊助商作家年紀一把卻一點都不成熟的事實了。

「不知道是不是順利把我們打倒機械巨龍的活躍模樣寫成小說的情節了……？」

Pitohui雖然提出這個疑問，但沒有任何人回答。老實說一點興趣都沒有。

不可次郎以左手指尖捲動畫面來繼續閱讀內容。

「那麼，要以一句話來簡單說明這封訊息的話就是……

要舉行第五屆ＳＪ嘍！而且是馬上！

結果有兩句話。

@ＳＪ5基本情報。

舉行日期：二〇二六年九月十九日（星期六）・十三點（日本時間）開始。

可參加隊伍數：30隊（一隊最多6人）。

現在已經可以接受報名！擊點這裡！來前往報名網頁。截止時間是九月十七日的二十四點！

跟之前一樣『過去的ＳＪ只要曾經進入過前四名的隊伍』就是種子隊，只要報名就絕對能參賽。

只不過！不能分割隊伍成員來報名複數隊伍。

除此之外的隊伍，要是報名數超過可容納的數量，將在前一天十八日的十九點舉行預賽，請先把這個時間空下來。

預賽方式就跟之前一樣。在橫長的戰場正面對決。

應該很多人知道這一點了，不用全員到齊也能參加預賽。

有自信能獨自全滅對手的玩家，Let's try！」

看到這裡……

「十九日真的有點快耶。距離上次的ＳＪ不到一個月。這傢伙是在急什麼？看來這又是沒辦法回ＡＬＯ的情況了吧？」

不可次郎這麼說道。

她主要遊玩的ＶＲ遊戲是簡稱為ＡＬＯ的「ALfheim Online」。在美麗的奇幻世界變身成長了翅膀的精靈種族，然後在美麗的世界當中飛翔來進行冒險。

跟搭乘太空船回到人類與文明因為最終戰爭而變得一團糟的地球，在地上到處爬著探索廢墟並且互相殘殺的ＧＧＯ有很大的不同。完全不一樣。

不可次郎在ＳＪ2時為了幫助蓮而轉移——也就是繼承角色相對的能力後「搬家」到這裡來。而且之後也數次這麼做。

然後從ＳＪ4開始——

還包含上一次的任務在內，她都一直待在ＧＧＯ裡。

「妳還沒回去嗎……所以才能立刻過來。」

蓮感到有點驚訝。

嗯……不過不可次郎在ＧＧＯ裡的強大實力非常可靠，所以這樣反而想說聲「太棒了！」。應該說，可以一直待在ＧＧＯ沒關係喲。

Pitohui開口表示：

「為了慎重起見還是問一下，當天的那個時間，大家都沒有重要的事吧？ＯＫ？」

然後就轉動頭部瞪著Ｍ之外的所有人。

那是不容許說Ｎｏ的視線。也是「不是太重要的話，就算有事也要來喲」的視線。

「除了要預習大學的課業外就沒事了。」

蓮這麼回答。

「喂喂，這樣真實身分會曝光吧，蓮。妳原本的設定是主婦，還有三個仍在喝奶的小孩子吧？」

不可次郎這麼說……

「也就是三胞胎？可愛嗎？」

克拉倫斯追問下去。

「有好好聽人說話嗎？」

夏莉擔心起伙伴的腦袋之後……

「我沒問題。說起來要是不能參加ＳＪ５的話，就不會來這裡開會了。」

「那大家都ＯＫ吧。」

Pitohui點頭發出「嗯嗯」的聲音，但是沒有按下手上的喇叭。

啊，Pito小姐已經對喇叭感到膩了嗎？

「最重要的我跟M當然也ＯＫ！雖然那天原本有重要的工作，但剛才已經迅速取消了。」

喂！別幹這種事好嗎！神崎艾莎！

蓮強烈地這麼想，但是沒有說出口。而且也說不出口。

「Pito小姐，想不到妳竟然是社會人士啊。是做什麼工作的？」

絲毫不懂得察言觀色的克拉倫斯這麼問道……

「沒興趣。繼續ＳＪ的話題吧。」

夏莉卻如此催促著。

話說這兩個人還不知道Pito小姐就是那個神崎艾莎呢。知道的話會有什麼反應呢……

蓮心裡這麼想，不過當然沒有開口說出來。其實也說不出口就是了。

「那就請不可小妞繼續吧。這屆的特殊規則特別的麻煩。」

Pitohui催促不可次郎繼續捲動畫面。

「@關於SJ5的特殊規則。

基本的規定跟至今為止的SJ一樣。

像是能夠藉由每隔十分鐘一次的衛星掃描得知隊長的位置與小隊名、還有隊長戰死時將依序繼承其地位等等——詳細內容希望大家閱讀附加的規則手冊，不過提到SJ的特產，當然就是每次都不一樣的『特殊規則』了！

Yes！這次也有喲！

關於特殊規則——

大概分為可以事先（也就是現在）說明的，以及SJ（正式開始）才能知道的驚喜規則兩種。

後者的話遊戲中經常會顯示。記得要嚇一跳喔！要好好享受喔！

因此這次只在此說明現在可以說明的特殊規則。

請仔細閱讀後，可以接受才參加比賽（意思是參加後就別抱怨一堆了）。

這次是前所未見的新點子——

將設定

『能切換來自小隊成員的整套裝備（以下稱「其他裝備」）』！

以下就是關於其他裝備的規則一覽。請仔細閱讀並且加以理解。

規則1

『參加SJ5的玩家，在比賽時除了自己的裝備之外，能夠在不受自身重量限制的影響下於倉庫欄裡收納並且搬運其中一名小隊成員的整套「其他裝備」。』

規則2

『所謂的「其他裝備」包含所有武器彈藥以及其他能在SJ中使用的道具。其上限量為該持有玩家的可搬運重量。』

規則3

『「其他裝備」的授受是跟使用裝備的交換——亦即「裝備切換」。無法雙方同時使用。不想交換的裝備（平常使用的服裝、防護道具等）能夠留在手邊。』

規則4

『裝備切換只有在負責搬運的小隊成員在身邊，也就是一般可以授受道具的距離時才能進行。』

規則5

『小隊成員死亡時，其搬運的「其他裝備」在比賽中將完全無法使用。』

規則6

『自身無法擅自將搬運的其他小隊成員的「其他裝備」實體化並且加以使用。』

規則7

『小隊成員接收後實體化的裝備，可以自己使用（借用）。小隊成員戰死時也能繼續使用（敵兵的裝備亦同。跟至今為止一樣視為「繳獲品」。）』

規則8

『自身使用的小隊成員之「其他裝備」在小隊成員選擇裝備切換時將消失而無法使用。』

規則9

『在進入酒場的待機場所前不會干涉整套「其他裝備」的倉庫欄容量。能夠收納到「道具清單」裡持有。比賽開始前十分鐘待在待機場所時可以選擇要使用哪套裝備。』

規則10

『在比賽開始前的時間裡，可以自由決定由誰來負責搬運誰的裝備。比賽當中將無法變更搬運者。』

規則11

『可任意決定是否設定其他裝備，也可不設定便直接開始比賽。』

以上。」

「唔嗯唔嗯。原來如此。可以交換整套裝備……這的確很特殊。在老朽長達六十五年的VR人生裡……也是首次遇見這樣的規則……」

「出現了，謎樣的老爺爺。還有，那麼早之前根本沒有VR遊戲。」

蓮還是先吐嘈了一下不可次郎。因為直接無視實在太可憐了。怎麼說都是自己的好友。

「今晚——像這樣要大家聚集在這裡不是為了別的。」

Pitohui說出光是今天晚上就已經是第三次的台詞。

「因為必須好好地討論這件事。其他的裝備品，說起來也就是武裝，希望能夠增加各種變化，同時也想讓小隊的戰力取得平衡。這樣戰鬥方式也會有所改變吧。」

口氣聽起來雖然輕鬆，但Pitohui正在說相當嚴肅的話題。其實她可以做得到啊。

克拉倫斯她……

「老師，請等一下～」

舉起手，揚聲這麼表示。

「老實說我沒有完全懂耶。大家光看這些就完全理解了嗎？國文的成績不會太好了一點？」

「說得也是。那就從頭確認一遍吧。」

Pitohui老師如此說道。

「拜託了～！」

學生克拉倫斯相當直率。直率是一件好事。

蓮閱讀了幾遍後就理解了，但也可能只是自以為理解罷了。再確認一次不是什麼壞事。

Pitohui揮動左手，從倉庫欄裡取出一把自動手槍。

有著把箱子組合起來般簡單外表的槍械是「克拉克３４手槍」。是Pitohui平常不會使用的手槍。

手槍下方附加了將光學瞄準鏡與戰術燈一體化的裝置。

Pitohui點亮綠色的雷射，以右手架起克拉克34手槍來指著牆壁。

也就是為了當成雷射筆使用而拿出這把槍。喜歡槍械的好孩子在現實世界絕對不能用模型槍、空氣槍來模仿這種行為。這樣肯定會讓人退避三舍。

Pitohui以綠點指著規則1。像是要畫底線般從文字底下描過。

「參加SJ5的玩家，在比賽時除了自己的裝備之外，能夠在不受自身重量限制的影響下於倉庫欄裡收納並且搬運其中一名小隊成員的整套『其他裝備』。」

「這一點嘛……就是如上面所寫的。克拉小妞有問題嗎？」

「這個我知道。不會因為他人的裝備而變重吧。我放心了。」

聽著兩個人的對話，蓮也再確認了一次。

這是理所當然的措施。要是因為搬運他人的裝備而變得無法帶自己的，那就跟至今為止沒有兩樣了。

本屆特殊規則的重點是可以無視重量來搬運他人的裝備。就算可搬運重量是隊上最輕的蓮，也能搬運最重的M的裝備。

「那麼接著看規則2。」

「所謂的『其他裝備』包含所有武器彈藥以及其他能在SJ中使用的道具。其上限量為該

持有玩家的可搬運重量。」

Pitohui以綠點追著文章內容。

「這條呢？」

「想拜託一下連規則3一起看。」

「好喔好喔。」

「『其他裝備』的授受是跟使用裝備的交換——亦即『裝備切換』。無法雙方同時使用。不想交換的裝備（平常使用的服裝、防護道具等）能夠留在手邊。」

克拉倫斯開口發問了。

「這邊很難懂，到底是什麼意思？」

確實不太好懂。

蓮也這麼認為。

Pitohui老師開始說明了。

「嗯，簡單來說就是『沒必要全部交換』。像是戰鬥服就不用換。克拉小妞，妳有別套衣服嗎？」

「沒有！我只有這一套！因為黑色會襯托出女性的美啊！」

克拉倫斯這麼回答……

「哦，這是可可．香奈爾的教誨吧。妳這小妞一副懵懂的模樣，結果倒是很懂時尚嘛。」

不可次郎如此表示。

「咦？是『魔女宅急便』喔。」

克拉倫斯這麼回答。

「什麼嘛是那個嗎？不由得被溫柔包圍住了喲。」

不可次郎如此表示，Pitohui老師決定先不去管什麼由來了。

「這樣的話，戰鬥服和靴子之類就會成為不必變更的裝備，因此就會一直算在負重裡面吧？假設是5％左右的話——剩下的95％就是武裝，其他裝備不是跟它一樣重就是得壓在95％以下才行，就是這麼回事。」

「哦哦，原來是這樣。不能因為是其他裝備就帶一大堆，雖然搬不動但可以交換過來立刻使用，結果辦不到嗎～」

克拉倫斯只要想通就能舉一反三。

蓮也稍微思考過。其他裝備是不是能夠搬運超出自身負重範圍以上的彈藥。結果不能這麼做。

「那麼繼續往下看——」

綠點畫過規則4。

「裝備切換只有在負責搬運的小隊成員在身邊，也就是一般可以授受道具的距離時才能進行。」

「這個我懂！跟一般的道具一樣對吧！」

由於克拉倫斯這麼說，所以就繼續看規則5。

「小隊成員死亡時，其搬運的『其他裝備』在比賽中將完全無法使用。」

「關於這一點，裡面寫著『比賽中』，那就表示SJ結束之後會全部完整地回來對吧？」

克拉倫斯以感到疑惑的模樣這麼詢問，Pitohui則像要表示「那是當然」般點點頭。

「太好了～」

克拉倫斯這麼說道，蓮也是同樣的心情。小P就跟自己的其他伙伴一樣，要是死掉了也會很想哭。

蓮在之前的SJ裡失去兩次P90了。希望不要再有第三次。它可是很貴的喔！

「那麼接下來——」

Pitohui的手動了起來，握在手上的克拉克34手槍跟著移動，著裝在上面的綠色雷射光也動了起來。

「自身無法擅自將搬運的其他小隊成員的『其他裝備』實體化並且加以使用。」

「這我也懂！嗯，當然不能隨便實體化啦。」

「那麼規則7。」

「小隊成員接收後實體化的裝備，可以自己使用（借用）。小隊成員戰死時也能繼續使用（敵兵的裝備亦同。跟至今為止一樣視為「繳獲品」。）」

「關於這一點——」

克拉倫斯嘻皮笑臉地說道。

不對，她臉上總是帶著笑容，不過現在更明顯了。

「這是說自己快要死掉時，可以切換成還殘留許多的裝備並且緊急實體化來當成遺物送給隊友吧？」

「妳這傢伙真會打歪主意。」

Pitohui如此回答。

原來如此，還有這種用法嗎？

蓮心裡這麼想。

在閱讀規則時完全沒有想到。看來自己真的不適合做壞事。

「自身使用的小隊成員之『其他裝備』在小隊成員選擇裝備切換時將消失而無法使用。」

然後關於規則8……

「這我同意！不這樣就太狡猾了。」

克拉倫斯似乎沒有問題，所以接著看規則9。

「在進入酒場的待機場所前不會干涉整套『其他裝備』的倉庫欄容量。能夠收納到『道具清單』裡持有。比賽開始前十分鐘待在待機場所時可以選擇要使用哪套裝備。」

「關於這一點，十分鐘裡要選擇會很忙吧？在那之前先完成設定比較好吧？」

克拉倫斯一這麼問，M就回答了她。

「絕對是這樣比較好。尤其要塞到快超越可搬運重量的話更應該這麼做。」

蓮也在內心點著頭。

在重量許可的範圍內，希望能夠多搬運一些彈匣，即使是一個也好。而想辦到這一點就需要一定的準備時間。

「ＯＫ。了解了。我想問的只有這一點。」

「那麼來看規則10。」

Pitohui移動綠點。

「在比賽開始前的時間裡，可以自由決定由誰來負責搬運誰的裝備。比賽當中將無法變更搬運者。」

「意思是可以自由決定誰要搬誰的裝備對吧？」

「沒錯。」

「但是，照一般的情況來看……還是搬運彼此的裝備比較好吧？」

「沒錯。一般來說是這樣。如果有什麼特殊理由的話就不會這麼做。」

「什麼理由？」

克拉倫斯問完後，Pitohui就豪邁地皺起眉頭。那是像外國人般的誇張動作。

看起來像是想不出答案。

或者是雖然想到了，不過是連伙伴都不能透露的祕密。

「這樣啊……算了。那關於最後的規則11——」

「可任意決定是否設定其他裝備。也可不設定便直接開始比賽。」

「嗯，我懂了！沒有問題——不過，難得有這種特殊規則，不利用就太可惜了！真的有這種人嗎？」

「這裡就有喔。我只願意用愛槍來狙擊，不會使用其他槍械。因此不需要他裝備。」

一直保持沉默的夏莉做出堅定的發言。

這個人的戰鬥方式與能力值確實全點在狙擊上了，所以這才是最佳的選擇吧。

只要有愛槍手動槍機式「布拉賽爾R93戰術2型狙擊步槍」，以及親手製的一擊必殺「開花彈」就夠了。

「咦～！那在SJ4裡使用的像步槍一樣的手槍呢？」

克拉倫斯這麼問。

在那次的比賽中，克拉倫斯雖然在這把手槍出現前就完全被炸死了，但還記得夏莉曾以「XP100」這把「把步槍改短般的手槍」活躍於商場內只能使用手槍的區域。因為選擇這把槍的就是受到夏莉請託的克拉倫斯。

「不，我不會用它。那把槍在『僅限手槍區域』才有用。」

「真失望～」

「嗯，我還留著沒有賣掉喔。拿來當成紀念。」

「好高興喔～」

這時Pitohui……

「嗯，夏莉這樣就可以了。等一下就會看到，這次彈藥也會回復。就毫無顧忌地盡量用開花彈射擊吧。」

做出這樣的結論後，果然沒有任何人有異議，於是夏莉的武裝就這麼決定了。

「那麼，我沒必要繼續待在這裡了。我要去練習射擊。」

克拉倫斯立刻開口——

「有需要喔！像是確認隊伍的戰力還有由誰來搬運誰的裝備都是很重要的事！」

制止了急性子的夏莉。

像這種時候，克拉倫斯的腦袋就很靈光。真是個很有一套的遊戲玩家。

「…………」

準備站起來的夏莉無法反駁，於是只能重新坐好並且再點了一杯不加奶精只加糖的冰咖啡。飲料立刻從桌子裡浮出來。

「首先來決定所有人的『第二武裝』吧。之後再決定夏莉要負責搬運誰的武裝。」

Pitohui一邊把克拉克34手槍收回倉庫欄一邊如此指示。

似乎決定把今後讓小隊成員搬運的其他裝備稱作「第二武裝」了。

「Pito小姐，我有問題。」

蓮舉起粉紅色的手臂。這裡指的是物理上的情形。並非比喻的形容。不是說蓮的射擊能力突然間變好了。（註：日文的「腕が上がる」有技術進步之意。）

「請說吧，小蓮！」

叭噗叭噗。

看來她沒有忘記放在桌上的喇叭。

「我也不會使用小P以外的主武器喔。嗯，副武器可能會帶著小Vor套件一起走啦。」

由於隊友都知道所以沒有人提問，小P指的是主武器「P90」，而小Vor則是兩把名為「Vorpal Bunny」的手槍。全都是粉紅色。

「咦～難得有這個機會，用點別的武器嘛！那樣才Let's enjoy fan啊！」

不可次郎噘起嘴來。她說的英文根本是胡謅一通，但是蓮卻聽懂了。

「咦～老實說現在才要記住新槍械的使用方法真的很麻煩。而且就算真的用了，我也不認為能發揮超越小P它們的戰力。」

蓮說出真心話後，不可次郎就皺起眉頭。

「現代的小孩……就是這樣……才不行啊……」

「還要繼續扮老爺爺？」

「哦哦……可愛的蓮啊……妳聽好了。」

「嘿嘿嘿。我可愛嗎？」

「那跟早餐店老闆娘打招呼一樣，可以直接忽略。」

「嘖……」

「聽好了……『可以切換武裝』呢……換句話說也就是『能夠超乎對手的想像』……妳忘記了嗎？前幾天舉行的五個試煉……最後一個，也就是第六個試煉發生的事情？」

「唔……是沒錯啦。」

說起來的確是這樣。

在之前的任務的最後，蓮進行了完全沒必要去做的「第六個」試煉。也就是跟因為是否殺狗而起了爭執的Pitohui等人內戰。

那場戰鬥中，蓮跟不可次郎交換了服裝。不可次郎用借來的P90瘋狂射擊，讓Pitohui與老大感到意外。雖然子彈完全沒有命中，但確實出人意表。

「沒錯。」

保持沉默的M發出這個房間裡最低沉的聲音。

「這次設定第二武裝能帶來的最大優點就是能夠出乎意料。隨著SJ舉行的次數增加。記錄影像也被收看並且加以研究，玩家的武器與戰術其實都被看透了。」

「但是身體卻沒辦法被看透。明明很想露出乳頭的。」

「閉嘴啦，克拉倫斯。」

夾雜著克拉倫斯與夏莉這對搭檔的裝傻與吐嘈，裝成什麼都沒聽見的M繼續表示：

「參加者當然也會準備對策，所以就用第二武裝來欺敵。我認為應該完全活用這個系統，當然其他隊伍也會絞盡腦汁來加以利用。將無彈道預測線狙擊加上開花彈這種戰鬥方式發揮到極限的夏莉算是例外，其他五個人應該決定第二武裝並且準備，在時間允許的範圍內盡可能地練習。這次沒有這麼做的話就沒機會獲得優勝。」

「沒錯，M說得很好！把我想說的全部說完了！這個臭傢伙！」

叭噗叭噗。

「嗯，如果是這樣的話……」

蓮也只能答應了。

既然決定參加ＳＪ當然想獲得最佳結果——那不但是目標，也是對一路戰鬥過來的強敵們的禮貌。

何況說起來也很想贏。超想贏的，啊啊好想贏啊。

「哎呀在那之前，不可小妞先繼續看下去吧。關於彈藥回復的內容。」

Pitohui這麼說著……

「唔嗯。」

不可次郎就開始捲動畫面。

「@關於ＳＪ5裡的彈藥．能源的復活。

本屆這也是特殊規則，所以請好好記住。

順帶一提，ＳＪ裡也會設定成隨時可以看規則手冊。

最初的一個小時內，經過三十分鐘與一個小時的時候會有兩次復活（完全回復）。

之後就沒有自動復活了。

不過——『打倒某個人時將會回復』。

幹掉其他玩家（＝完成最後一擊）時，自己所裝備的所有槍械的子彈與能源將根據減少的程度回復到以下的狀態。

0～10％：回復到50％。

11～30％：回復到60％

31～50％：回復到70％

51～79％：回復到80％

80％以上時不回復。

補充：

殘彈．殘餘能源的百分比能夠在「殘彈數顯示」項目中選擇「百分比顯示」，建議在SJ5時先將其顯示在視界的某個位置。

當然復活的只有「現在拿在手上使用的裝備套件」。隊友持有的套件彈藥等不會回復。

另外，系統判定複數參賽者同時打倒時（雖然很少見），將會各自回復到上限。」

「原來如此。就是要人一開局就毫無顧慮地瘋狂射擊。然後到了中場以後，不確實地幹掉別人，就會白費子彈陷入彈藥不足的危機。是為了防止像ＳＪ２獲得優勝的那些傢伙一樣到處逃竄的特殊規則嗎？」

不可次郎很輕鬆就理解彈藥回復的宗旨。

這個部分只能說真不愧是不可次郎。蓮是閱讀過好幾次訊息才終於了解是怎麼回事。

「簡直就像——」

不可次郎繼續說著。

「喬凡尼跟卡帕涅拉一起……呢。」（註：一開局的日文「序盤に」與喬凡尼同音。）

聽不懂她在說什麼。看來是想說出「一開局」這幾個字讓她浮現的裝文青內容吧。

這個部分只能說真不愧是阿呆的不可次郎。蓮不論持續當她的朋友多少年都無法理解。

「怎麼了！不可，妳喜歡『銀河鐵道之夜』嗎？」

克拉倫斯竟然對奇怪的事情窮追不捨，由於話題正豪邁地脫離正軌……

「好了好了，這些事等一下再說。」

Pitohui老師就把話題拉回到宮澤賢治之前。

這時候蓮……

「那這樣的話我也會思考一下……上次的任務領到一大筆報酬，我想大部分的武器都能購買……那麼除了夏莉之外的各位想準備什麼樣的武器？」

先是提出這樣的問題。

絕對不是只想倚靠別人，這是極盡所能參考各種意見的積極態度。大概啦。

「這個嘛……」

Pitohui做出回答。

「正如大家所知，我是個什麼都會的孩子，所以更是令人煩惱。這次我打算拿7.62口徑的機關槍喲。這支隊伍，緊急的時候沒有任何能夠發射密集火力的機槍手對吧？」

說起來的確是這樣。

蓮在心裡點了點頭。

這是開始玩GGO之後才知道的事情，軍隊進行槍戰時的主力是能夠藉由連續射擊來停止對方行動的機槍手——也就是Machine Gunner。

機槍手以密集火力阻止敵人行動，再由迅速迂迴的步槍兵攻擊敵人側面來解決對方就是最常見的戰鬥方式。

能夠持續射擊的機槍手是最討厭的敵方雙箭頭之一。跟SHINC與ZEMAL對峙後，就能知道機槍手有多麼棘手了。順帶一提，另一個箭頭是能以子彈精準擊中目標的狙擊手。

不可次郎開口問道：

「Pito小姐啊，妳不用遊戲測試時那把能夠發射誇張子彈，而且又粗又大的槍嗎？威力超誇張又超猛的吧。」

妳懂的詞彙也太少了吧！

蓮心裡這麼想，但是沒有說出口。

「妳說火箭筒？射擊時是很開心沒錯，但不適合SJ。而且那還需要裝填手。」

Pitohui隨口這麼回答。

「因此我準備從My gun collection裡面拿出擦得亮晶晶但蒙上一層灰的——啊，這是比喻啦，總之就是拿出機關槍，然後擔任用它拚命開火的股長！大家的小學也都有機槍股長吧？」

才沒有哩。

蓮心裡這麼想，但是沒有說出口。

「的確有。收拾空彈殼還有打掃槍身真的很累人。」

不可次郎這麼說，但蓮直接無視她的發言。

因為小比類卷香蓮跟篠原美優就讀不同的小學，所以仍存在0．00001%帶廣市內某間美優就讀的小學確實有機槍股長的可能性。

「等一下。機槍應該交給腳程比較慢的M才對吧？」

夏莉提出了問題。

「機槍手的話不需要以極快的速度移動，而且他也能用那些盾牌當成槍架。其他的武器才能發揮Pitohui的速度吧。」

「這些道理我都懂，但就是辦不到。」

「說說看理由吧。」

「本來想以特報的形式盛大地發表，不過就算了吧。其實呢，M他啊，這次呢，竟然有了讓人嚇一大跳的——」

「直接看比較快。」

打斷Pitohui賣關子的發言，M邊這麼說邊揮動左手來操作倉庫欄。

道具開始實體化了。光粒聚集在M眼前的空中，最後成形並且登場的是細長、特別長、非常長、長到不行、真的很長的一把槍。

「哦！新型的？新型的？」

克拉倫斯的眼睛閃閃發亮。

「好大啊～」

不可次郎這麼說道。蓮也有相同的意見，不過她只是默默看著。

M雙手接住在空中實體化的曬衣竿般長槍，這個瞬間重量就加諸於手上，可以看到他的手臂為之一沉。

不過以M的怪力來說這樣的重量可能算不了什麼，他一臉輕鬆地靜靜以兩腳架與後部的腳架將其放置在桌上。

接著操作槍械右側的槍機將其保持在後退狀態。這樣無論如何都無法擊發，就不會有膛炸的危險了。

GGO裡雖然沒有那麼囉嗦的人，不過現實世界的槍械就必須保持在這種狀態才是有禮貌。

坐鎮在圓桌上的是一把全長超過2公尺的超巨大槍械。

前方的一半是直線延伸的細長槍身。後方是每開一槍就必須重新上膛的手動式槍機機械部件，上方是粗大的瞄準鏡，下方則是射擊用的獨立握柄。

後方有厚實的槍托與安置在地面時的獨腳架。整體的顏色是淡茶色，也就是所謂的Tan color。只有瞄準鏡是黑色。

「反器材步槍嗎……」

夏莉這麼說道。

對物狙擊槍，又稱反器材步槍是使用比通常的狙擊槍更巨大的子彈，具備難以置信力量的槍械。

即使名稱有「反器材」這幾個字，但各地的戰場上用它來對人射擊也是很常見的情形。

光看威力的話確實很便利，但是又大又重的槍械使用起來當然不是太容易。

「跟ＳＨＩＮＣ的那把槍好像。」

蓮吐露這樣的感想。

尺寸感覺跟娘子軍從ＳＪ２開始使用的反坦克步槍「ＰＴＲＤ１９４１」一模一樣。

ＰＴＲＤ１９４１雖然稱為反「坦克」步槍，不過那是因為製造出來的第二次世界大戰當時，這種類型的槍械都被如此稱呼。

現在的話則會歸類成反器材步槍或者是對物狙擊槍。

Ｍ表示：

「這是前天終於克服高難度任務入手的烏克蘭製反器材步槍——名字是『Alligator』。全長２公尺。重量25公斤。使用彈藥是14.5×114毫米彈，跟ＳＨＩＮＣ的反坦克步槍一樣。應該說是為了那把反坦克步槍所製造出來的子彈。」

Ｍ把宛如大胃王的便當盒一般的巨大彈匣從槍上拿下來，接著拿出裡面果然一樣巨大的子彈並且這麼說道。

全長15公分以上的子彈看起來可以直接拿來刺人，或者當成短棍來揍人。

跟蓮的P90只有小指尖大小的子彈可以說有天壤之別。即使如此，那麼小的子彈只要有一發命中腦幹就能輕鬆奪人性命。子彈真是太恐怖了。

「能瞄準多遠之外的敵人？」

狙擊的話就有興趣了。夏莉開口如此詢問。

「入手之後一直到剛才都在練習。靜止目標且無風的話，能在2000公尺外命中人體尺寸的目標。當然不會叫出彈道預測線。可以使用預測線的話，或許距離可以更遠。」

「真是怪物……」

上屆的SJ4裡，夏莉在空曠的機場成功完成超越1100公尺的狙擊。創下了自己新的紀錄。

但那時的目標是比人大了好幾倍的機動三輪車，如果要跟平常一樣狙擊人類，800公尺就差不多是極限了。2000公尺根本超乎想像。

順帶一提，如果是這種等級的子彈，擊中手腳之外的身體任何部位都會被判定「立即死亡」。命中頭部的話從脖子以上都會整個消失，胴體的話則可以把它打斷。

「怎麼了夏莉？這把槍是怪物？還是M是怪物？」

聽見克拉倫斯的問題……

「嗯，兩者皆是吧。」

夏莉就老實地這麼回答。

雖說是自己沒有興趣的戰爭用槍械，不過世界上真的有如此恐怖的武器呢。用這種槍狩獵的話，可以食用的部分都會被轟掉了吧。

如果是要對付凶暴化後衝進城市到處破壞的非洲象，可能就派得上用場。

「這樣M先生就能夠進行不輸給SHINC的超長距離狙擊，也可以攻擊建築物與車輛了！真是太可靠了！」

蓮真心感到高興，並且在腦袋裡思考著。

如果M用這個當第二武裝的話，確實只能由Pitohui來拿機關槍了。這可以接受。

然後同時注意到SHINC的成員也做了同樣的事情。

SJ1裡拿「PKM」機關槍的是蘇菲。為了打破M的盾牌而辛苦入手PTRD1941後，她就為了搬運這把槍而放棄了原本的愛槍。

但這次的話只要把其中一把交給某個隊友就能把兩者都帶進SJ裡了。有種戰鬥一定會極為激烈的預感。

「那兩位的第二武裝就這麼決定了──」

克拉倫斯微微歪著像寶塚男角般的臉龐，對在場的所有人問道：

「但我跟蓮這對豆粒槍搭檔該拿什麼武器？可以出乎敵人意料固然不錯，但我沒辦法拿太重的喲？」

和克拉倫斯使用的槍械雖然不一樣，但子彈與彈匣相同。都是5.7×28毫米彈。也就是彈頭直徑5.7毫米，彈藥筒全長28毫米的意思。

這是相當小的子彈。蓮使用的P90是在全新的概念下與使用子彈一起被設計出來，而模仿其構造製造出來的就是克拉倫斯的「AR—57」。

使用步槍子彈的突擊步槍與使用手槍子彈的衝鋒槍。算是大小、性能以及威力取這兩者中間值的槍械。

這兩個人以敏捷度作為武器，連續射擊小型子彈的戰鬥方式也很相像。但也因為這樣，可搬運重量的界限相當低，沒辦法搬運沉重的機槍與其需要的子彈。也無法使用需要許多技能，或者能用現實世界能力來彌補不足之處的狙擊槍。

話雖如此，如果是兩人能夠搬運的輕量突擊步槍的話，跟現在的槍械就沒什麼差異——也就是說幾乎沒有什麼驚喜。最多就是增加了一些射程與威力吧。

這樣的話，拿著用慣的「愛槍」，也就是名符其實的「專武」還比較方便，命中率也值得期待——亦即戰鬥力比較高的意思。

M開口表示：

「我推薦克拉倫斯拿散彈槍，而且是自動連射式的。」

M的左手在空中操作，接著做出動作把視窗丟給坐在桌子對面的克拉倫斯。設定為讓所有人能看見後叫出來的視窗移動到克拉倫斯前方。

「哦哦？」

上面顯示了GGO內能買得到的，適合戰鬥使用的自動連射式散彈槍清單。

不只是詳細的圖案，連口徑、裝彈數、價格、重量等都標示得很清楚。雖然主要是用來狩獵，但當然也有戰鬥用的散彈槍。

「這樣的重量應該拿得動吧？」

M如此問道。

腳程雖然比蓮慢，但可搬運重量多出不少的克拉倫斯，對著看見的數字點了點頭……

「嗯。沒問題吧？反正我一直以來就不攻擊太遠的敵人。散彈槍了解了！我會練習的！」

Shotgun或稱散彈槍的有效射程會因為使用的子彈而有很大的差異。

如果是只有一發的子彈，那再怎麼努力也只有150公尺左右。一般用來戰鬥的散彈槍就更短了，大概只有50公尺吧。

相對地在近距離具備強大的破壞力。如果是適合戰鬥的「00 Buck彈」，發射一發就同時有9顆直徑8毫米左右的鉛彈一起射出去。

然後當這些子彈適度地散開並且飛出去，幾乎同時命中身體的話，在GGO裡就有讓中彈玩家的行動一瞬間麻痺的能力。

這是絕對不容小覷的特性，即使是殘留許多ＨＰ的玩家，持續遭到散彈槍連射的話，也可能束手無策就喪失性命。

「很好。選擇槍械或者散彈時有什麼不懂的地方就盡量問我，傳訊息也可以。需要的話，之後陪妳一起去選購吧。」

「ＯＫ！雖然有很多想問的，不過明天再去購物吧。今天我想早點睡。再過三十分鐘，二十一點我就要下線了。明天之前我會盡量查些資料──那蓮怎麼辦？跟我一樣拿散彈槍嗎？」

「嗯……」

在旁邊看著視窗的蓮，看著幾把散彈槍的圖案露出了猶豫的表情。

這些槍大多又細又長。

大部分的散彈槍都是名為「管式彈倉」的構造，在槍身下方設置同樣粗的管子，把子彈直向排列放入。

如果為了利於戰鬥而增加可以連射的子彈數，那麼槍就得跟著變長，可以說是名符其實的「量身訂做」。

「對我來說太長了，根本沒辦法用。」

「對喔。」

M也表示同意……

「蓮的體格還是比較適合小型的武器。」

「這我當然知道，但這樣的話就是跟小P一樣的衝鋒槍，或者是全長較短重量又輕的突擊步槍，但這樣就無法出乎意料了吧？手槍的話也有Vorpal Bunny了……老實說，根本沒有適合我的第二武裝吧？」

「我也一直在煩惱這件事，最後找到一個答案。當然也參考了蓮在之前的SJ裡活躍的模樣。」

「答案是？」

「答案是——」

M仔細地回答了蓮的問題。

周圍的隊友一邊發出「哦」的佩服聲音一邊聽著他說。

聽完的蓮……

「好吧！就決定選那個！」

沒有提出任何問題。

「那這樣小隊的第二武裝就都決定了——」

「等一下，Pito小姐啊……妳是故意的嗎……？」

「哎呀真是的，不小心給忘了。」

絕對是故意的。沒有決定的是不可次郎的第二武裝。

「不可也跟夏莉一樣，維持原本的樣子就可以了吧？」

蓮這麼說道。

不可次郎的武裝是「ＭＧＬ—１４０」。

兩手各拿一把40毫米口徑的六連發槍榴彈發射器。光是這樣就已經夠破天荒了，首先這是一般玩家不會選擇的裝備。

光看火力的話是不會輸給任何人的所謂「火力瘋子」。雖是如此，在至今為止的戰鬥裡還是能確實地收到戰果，所以也不用刻意選擇其他的裝備吧。她對遠方發射槍榴彈的技術相當高超啊。

原本這麼想的蓮，接著又思考著。

依不可次郎的個性，絕對會想要第二武裝才對。

理由是那樣比較好玩。

「不要啦不要啦！人家也要第二武裝！——因為那樣比較好玩啊！」

看吧。

「我不想大家享受『換裝』時，只有我跟夏莉被排除在外！」

夏莉對著鬧彆扭的不可次郎……

「我不在意喔。把戰鬥方式鑽研到極致的話，維持原樣就可以了吧。」

做出不知道是傻眼反駁還是伸出援手的發言。

「嗯，不可小妞的槍榴彈攻擊已經非常厲害了。很難發揮超越它的戰鬥力。就算讓對手嚇一跳——但戰力變弱就沒意義了。」

「怎麼連Pito小姐都這麼說！」

「但是，難得有這樣的特殊規則，我也能理解想要享受切換武裝的心情啦。」

「不愧是Pito小姐！」

「那妳想要什麼樣的武器？」

「知道的話早就回答妳了！M先生啊，拜託了。你就是為了這種時候而存在的吧？」

「唔……」

M像岩石般的臉龐扭曲了起來，露出真心感到困擾的表情。

「不可有體力與筋力，所以很沉重的武器也沒問題……但很難啟齒的是……」

「不用說出來我也知道！我的射擊能力太差了對吧！嗯嗯，是很爛沒錯啦！」

「哎，我是沒這麼說——不過就是這樣。」

「這不是說了嗎！」

沒錯，不可次郎射擊的技巧上不了檯面。

不可次郎來到ＧＧＯ後，最初入手的槍械就是超貴且沉重的連發式榴彈發射器。一路以來就是過著這種一般玩家不曾經歷，也不會想經歷的ＧＧＯ人生。她沒有一般玩家理所當然一定會獲得的普通槍械的射擊經驗與技能。

因為連遊戲剛開始時的入門教學她都直接省略掉了。好的玩家絕對不能模仿這種行為。

但是用起榴彈發射器卻是虎虎生風，發揮出身為一名遊戲玩家的高強技術。

「什麼嘛！所以人家就得放棄第二武裝嗎！放棄的話ＳＪ就結束了喔！」

不可次郎這時完全變成「吵著要糖吃的小孩」，夏莉跟克拉倫斯則是用「怎麼辦才好呢」的溫暖眼神注視著她。

「Pito小姐、Ｍ先生——」

蓮為了好友以及小隊開口發言了。

「想想辦法——」

「蓮！妳果然是我的好友。」

「讓她放棄吧。」

「過分！蓮！妳這個傢伙！」

「唔……」

M的臉色終於越來越嚴厲，又過了幾秒後……

「啊，我想到一個了。」

「就是那個！」

不可次郎問都沒問就直接採用了。蓮把臉朝向她。

「真的可以嗎？」

「反正原本就找不到答案，所以出現的就是最好的答案！蓮今後隨著戀愛的經驗增加就會懂這個道理。」

「現在別提這件事。」

「怎麼了怎麼了，蓮在現實世界還是處女嗎？」

露出笑容的克拉倫斯繼續追究下去，蓮則對夏莉使了拜託處理一下妳搭檔的眼神。那已經是懇求了，眼神裡還帶著「不然我把她幹掉也可以」的含意。

「有什麼關係嘛，說說又不會少塊肉——唔嘎唔嘎……」

當夏莉從後面塞住克拉倫斯的嘴期間，盡力想轉移話題的蓮就對M問道：

「M先生，你的答案是什麼？」

M簡單說明自己的點子……

「我覺得很棒！那是最佳選擇！」

蓮發出興奮的聲音。

「對吧？」

將近二十一點時……

「哎呀時間到了，好孩子得睡嘍。我先下線了。M，明天拜託你了。大家晚安！」

克拉倫斯變成光粒消失了，酒場裡剩下五個人。

SJ5準備會議這時已經結束。

除了夏莉以外的第二武裝都順利決定，負責搬運的人選也確定了。

蓮的第二武裝果然還是由成為拍檔的不可次郎來負責搬運，而反之亦然。

M與Pitohui也各自負責對方的武裝。然後夏莉當然是負責克拉倫斯的份。

「嗯，算是理所當然啦。倒是——」

夏莉瞪著Pitohui說：

「ＳＪ４時妳用開始後就能擅自行動，一有空隙就能取妳項上人頭來邀我們加入對吧。那個約定……現在依然有效吧？」

喝著謎樣顏色飲料的Pitohui咧嘴笑著回答：

「當然嘍～！」

「好吧。我很期待ＳＪ５。那麼，為了幹掉妳，我去練習射擊了。」

只笑著留下這句話後，孤傲的女性狙擊手就颯爽地離開酒場包廂。

像是覺得太浪費了，手上還拿著沒喝完的不加奶精只加糖的咖啡。

夏莉離開後，星期六晚上超過二十一點的酒場包廂裡開始飄盪符合週末時光的悠閒氣氛，只不過是在遊戲裡面……

「我只想好好地參加ＳＪ～」

蓮悶悶地如此呢喃。

她確實經歷了足以讓她這麼說道的過去。

ＳＪ１雖然有只跟Ｍ兩人一起參加的限制，不過一開局很普通。

但順利地解決敵人的小隊後，途中因為Ｍ脫隊，讓她得面對獨自與六個人拚命的狀況。

嗯，不過最後的最後Ｍ還是出手幫忙就是了。

ＳＪ２被這名正在眼前咧嘴笑著，臉上有刺青的女人強烈的自殺願望耍著玩而累得半死。那是從開始到最後精神上都疲憊不堪的一場大賽。她能像現在這樣還待在自己面前真是太好了。

ＳＪ３原本以為終於能享受正常的小隊合作，結果又被狗屁作家偶然想到的特殊規則耍得團團轉。

那個時候實際上被選為「背叛者」的明明是蓮，沒被選上的Pitohui卻做出奇怪的發言來攪局，讓戰況變得更加混亂。

當時蓮就下定決心，能夠表達自己的意見時就要清楚說出來。這也算是一個人生的經驗。

ＳＪ４時託西山田炎，也就是Fire的福，被迫進行在ＧＧＯ賭上人生這種再次不平凡的遊戲體驗。之後在現實世界被甩（？）一事也不願再想起了。全都忘了。是什麼事情呢？

「小蓮，怎麼這麼說呢。這次真的很普通喔。」

「Pito小姐沒資格說！」

「大概啦！」

「別加話！」

「忘記現實的不愉快，在這個虛擬世界盡情地解放己身的鬥爭本能，好好享受ＳＪ５吧。那是遊戲，不會有任何人死亡的遊戲。看是要跟敵方小隊好好打一場也可以，完全以獲得優勝為目標也可以。」

「嗯，是沒錯啦……」

開始玩ＧＧＯ很快已經過了一年以上。

開始玩的理由是為了「成為跟因為高大而畏縮的自己不同的另一個人」，蓮感覺這個目的已經達成了。

甚至有點改變太多了。

沒想到自己有這樣的運動神經、骨氣、不服輸的精神、鬥爭本能與殺戮天分。

這是不想被雙親知道的一面。也是不能被知道的一面。

「唉……」

當蓮輕嘆一口氣並且把嘴湊到冰紅茶的吸管上時……

「唔唔？」

不可次郎就發出細微但真正嚇了一跳的聲音。

「怎啦？」

蓮把下巴放在桌上，做出依然咬著傾斜杯子前端的吸管這種沒禮貌的動作，開口說了脫力百分百的發言。

「嗯，剛剛收到訊息。標題是『給希望參加ＳＪ５的玩家』。」

不可次郎似乎看著空中只有自己才看得見的視窗。

「哦……是什麼內容？」

「嗯，沒什麼大不了的啦。是根本不清楚寄件者身分的訊息啦。這看起來是假帳號。」

「什麼意思？連ＧＧＯ裡都有詐騙訊息？」

「不過內容看起來倒是相當認真。嗯，不過這是不會寄給蓮的訊息，妳不用在意沒關係喲。」

啾啾、咕嘟。

把冰紅茶喝進嘴裡並且吞下去後——

「是嗎？如此一來反而有點在意了。」

蓮覺得有點興趣了。

「沒有啦，真的沒什麼大不了的。只是接下來的ＳＪ裡將送給幹掉蓮的玩家1億點數而已。」

「什麼嘛……」

回答完再次把嘴湊到吸管上，液體進入口中之後……

「噗啊？」

蓮豪邁地把它們全噴出來了。

SECT.2

第二章　遭到懸賞的人名字叫做蓮

九月十九日，十二點三十分。

「各位觀眾～！大家午安！第五屆Squad Jam終於要開始了！第五屆Squad Jam簡稱SJ Five！沒錯我們就是要愛撫我們的愛槍！我準備要轉播嘍用英文來live！」

可以說是SJ起始地點的最大城市「SBC格洛肯」裡某間酒場的主大廳，在如此廣大空間裡以興奮語氣大聲唱著Rap的是……

「今天也元氣十足的實況槍手賽因！最近常被家裡附近的小狗吠！」

就是他。

不胖不瘦且有著一張大眾臉，虛擬角色沒有什麼特徵的賽因，不過這間酒場裡的觀眾幾乎都認識他。

他製作的影片獲得相當高的評價。

比幾乎沒有收到聲音，只是簡潔地播出戰鬥畫面的官方轉播要有趣非常非常多。一點都不無聊。

「唷！等好久了！」

「恭喜突破預賽！」

「這次也要拍些有趣的喲！」

「應該說小哥，正式比賽時可不可以活久一點啊！」

「對啊死太快了啦！」

「多拍一點！」

「乾脆去找強隊合作吧！」

今天也受到酒場內座無虛席的觀眾熱情又不負責任的聲援。

順帶一提，賽因的隊伍「散切頭之友」，簡稱ＺＡＴ在ＳＪ２被ＭＭＴＭ、ＳＪ３被ＳＨＩＮＣ、ＳＪ４則是被怪物吸引時遭到蓮等人殺敗。全都是一開局不久就漂亮地全軍覆沒。

雖然整支小隊具備每次都能突破預賽的實力，但之後卻都沒有什麼太好的結果。

會不會是因為賽因忙於實況轉播而無法發揮戰力所致的疑問，已經變成不能說出口的某種禁忌了。

「謝謝大家！謝謝大家！嗯……活longer一點是今後的課題！這次靠武裝切換說不定能撐久一點。如果可以就好了。嗯，還是需要有所覺悟——好了先不管這個了，距離ＳＪ開始還有三十分鐘，參加截止剩下二十分鐘。參加的隊伍差不多要進入酒場了！看見知名隊伍的話，我會full發揮記者精神，毫不畏懼與害怕直接衝過去強行訪問！」

賽因話才剛說完，就有一支隊伍推開大大的雙開式彈簧門走進店內。

「哦——！馬上就有知名隊伍進來了！」

走進來的是六個男人。

酒場內的喧囂瞬間靜了下來。

將數種綠色做成直線基調迷彩的瑞典軍隊戰鬥服。統一穿著這套服裝的男人們——沒錯，就是ＭＭＴＭ。

不看顯示用的簡稱的話，正式名稱是「memento mori」。也就是「記住你將有一天會死亡」的拉丁文。肩上縫著象徵死亡的骷髏頭嘴咬小刀的小隊臂章。

隊長大衛就不用說了，成員也都是相當厲害的玩家。

最重要的是，他們是極為重視小隊合作的一群人。不會出現各人擅自行動的情形。

老實說，小隊綜合的力量在參加ＳＪ的隊伍裡可以說是排名第一，但不知為何在至今為止的ＳＪ裡生存率卻不高。沒有獲得優勝的經驗。

對手總是蓮與Pitohui等人可能也是他們運氣不好的地方。當然對於蓮與Pitohui的恨意也跟海一樣深，打倒她們來贏得優勝就是這支小隊的目標。

「打前鋒的是ＭＭＴＭ的六名成員！沒有優勝過的優勝候補！我過去訪問他們一下！」

全力往朝酒場深處包廂前進的六個人衝去後，賽因他……

「午安～！」

全力打招呼的瞬間……

瞪。

大衛就全力瞪著他……

「我只是想打聲招呼！」

留下這句話後就全力跑回來了。

「搞什麼啊！」

「太膽小了吧！」

「在這裡被幹掉算了！」

「你的記者魂消失了嗎？」

「別退縮啊！」

「怕什麼啦！」

觀眾們隨即做出不負責任的評論。

ＭＭＴＭ成員們消失在主大廳的同時，另外六個人就靜靜地走入酒場。

「哦？」

包含賽因在內的所有觀眾都注意著他們，但沒有人看過這群男人的臉。在轉播裡也沒見過這幾個人。是本屆首次參賽的人嗎？應該是吧。

因此就把視線集中在更後面的入場隊伍，發現是六名女性後酒場的氣氛就一口氣熱絡了起來。

「哦——來了！娘子軍團！ＳＪ３的時候……受到她們很大的照顧！」

賽因無視最初進來的六個人，直接經過他們身邊。

這六個人其實是在ＳＪ２獲得優勝的Ｔ—Ｓ。

但不穿上全身護具與戴上頭盔的話真的沒有人會注意到他們。Ｔ—Ｓ的六個人就靠著這一點沒有進入包廂，直接坐到大廳一角的桌子前面。

賽因一來到在酒場裡前進的ＳＨＩＮＣ旁邊……

「妳們好！美麗的——客套話就不說了！各位姊姊！」

在挨揍的覺悟下強行進行訪問，走在前頭的大猩猩辮子女就咧嘴笑著說：

「嗨，戰地攝影師。還學不乖敢靠過來啊。我會再次幹掉你喔，當然是在ＳＪ裡。」

「呵，辦得到的話……就試試看啊。」

看來賽因光明正大地挺起胸膛來的捨身行動受到一定程度的肯定。ＳＨＩＮＣ的娘子軍們笑了起來。

ＳＨＩＮＣ似乎也準備前往深處的包廂，賽因就配合她們的步伐走在旁邊……

「對本次參賽是否有信心？」

「嗯，雖然有不少情況……不過我們還是會跟往常一樣全力以赴。」

老大稍微含糊其辭，不過最後還是回答了。

「期待妳們的表現！老實說妳們確實有獲得優勝的實力！還沒成功就是了！」

看來像是在挑釁一樣……

「我會當成是在稱讚我們。」

老大展現成熟的態度。然後又接著表示：

「看來今天沒有性騷擾發言。」

「咦？想要我那麼做嗎？」

「我會告你喔？」

「對不起——最後請再讓我問一個問題！當然是很嚴肅的問題！」

距離包廂還有一點距離。老大開口回答：

「什麼問題？」

「這次的特殊規則有裝備切換對吧？我想姊姊們一定也準備好了吧。」

「那是當然，我們沒有天真到認為不必準備那些就能獲得優勝。」

「我就直接問了——是什麼樣的其他裝備呢？」

「是為了讓敵人嚇一跳的裝備切換。你認為我們會在這裡透露嗎？」

「稍微透露一點嘛。」

賽因笑著追問下去……

「那我就告訴你吧。我準備了性感的比基尼，準備迷死敵人。」

老大扭曲著猩猩臉龐露出笑容，做出一聽就知道是開玩笑的回答。

賽因瞬間一臉嚴肅地呢喃了一句：

「呃——對方說出這種意義不明的供述——以上就是現場的報導。」

「你這傢伙！」

「好了好了，老大。別再玩了，我們走吧。」

被蘇菲從後面推著背部，老大以及ＳＨＩＮＣ的其他四個人就消失在包廂裡。

看著她們消失之後，賽因……

「啊，糟糕！」

隨即想起某件事情。

「忘了問對於跟她們感情很好的粉紅惡魔，項上人頭被懸賞１億點這件事有什麼看法！」

幾分鐘後。

幾支無名的隊伍通過，坐到酒場裡的各個地方——接著賽因眼裡看到的是……

「哦——來了！終於來了！我就覺得該來了！上屆優勝隊伍！不用簡稱，在這裡要充滿敬意地以正式名稱來稱呼他們！『全日本機關槍愛好者』的諸位！」

「嗚喔喔喔！」

「來了！」

「等好久了！」

「嗨！上屆冠軍！」

「Open bolt！」

人數更為增加的酒場觀眾們也沸騰起來了。

賽因的轉播也帶著熱氣。

「在上屆的ＳＪ４裡幾乎沒有受傷，在全員存活的情況下，除了ＳＪ２的撿漁翁之利小隊外獲得至今為止最為完美優勝的小隊！就是ＺＥＭＡＬ！要記住這個名字！我絕不會忘記！對了，我是唸作『吉馬魯』，這樣ＯＫ嗎？這時候才問真的很抱歉！」

正如賽因所說的，在ＳＪ１裡盡情對著蓮射擊而忘了警戒後方，結果被輕鬆全滅的弩腳男人們，終於在上屆獲得冠軍。被稱為「SJ成長最多的隊伍」確實名不虛傳。

上屆抬著神轎，扛著新加入而且是唯一的女性成員進入會場的這群人，除了獲得優勝的獎金外似乎也得到了常識，目前很正常地所有人一起步行入內。

該名稱為碧碧的女性絕對就是隊長，ZEMAL明顯是因為她的加入而變得更為強大。SJ4的戰鬥方式應該全是根據她的指示吧。

這時賽因……

「打擾了！機關槍的女神大人！」

一邊對她這麼說一邊進行突擊訪問。

聽見對方稱呼女神大人，ZEMAL的男人們也就沒有阻止。這是因為他們都是信眾，全是虔誠的信徒。

「SJ4贏得實在是太漂亮了！佩服地五體投地！本屆也期待你們能漂亮地獲得完全勝利！」

「謝謝。我們本屆也會努力不辜負大家的期待。」

以爽朗笑容輕鬆如此回答的碧碧讓酒場的氣氛更加熱絡。

說起來GGO裡的女性玩家本來就很少了。

至今為止參加SJ的不是凶惡的小不點就是邪惡刺青女，再不然就是猩猩娘子軍、殺戮狙

擊手或者仙人跳寶塚女，全都是瘋狂——不對，是相當有個性的女孩子們，但碧碧就不一樣了。

不論是舉止還是氣氛，只要換件服裝走在市中心就會變成一幅畫，可以說是相當完美、成熟的女性。

賽因色心大起，聲音跟著興奮起來。

「本屆的特殊規則是能夠切換武裝，但是老實說，能夠完全發揮機關槍特性的這支隊伍，應該不需要這樣的準備吧？」

「或許吧。不過，我們也可能準備了些什麼喔。」

「那真是令人吃驚！然後本屆另一件教人吃驚的是，出現了有點奇怪的懸賞——」

賽因在此提出沒能詢問ＳＨＩＮＣ的問題。

「會想賺取這筆獎金嗎？」

考慮了一下的碧碧……

「你是指粉紅惡魔，小蓮的事情吧。我是聽到消息了，不過究竟是真是假呢？」

以不怎麼有興趣，或者裝出不怎麼有興趣的樣子如此回答。

賽因繼續追問下去。

「您不知道嗎？作為賞金的1億點已經以道具的形式收納在道具箱裡，展示在ＳＪ５的布告欄上了。再來就只有收到密碼的人才能打開箱子獲得賞金！」
「懸賞」的訊息寄到眾人信箱後，道具箱就開始展示了。
為了防止包含買賣在內的授受詐欺，系統會讓道具箱的內容物無法造假。裡面準備了這樣的金額絕對無庸置疑。
只不過還是有幹掉蓮的玩家是不是真的會收到密碼的問題。
「哎呀，這我就不知道了。」
從碧碧的爽朗笑容無法看出她是否真的不知情。不過她接著又這麼說道：
「ＳＪ裡面除了自己的隊伍之外都是敵人。發現的話就會打倒對方。當然粉紅惡魔也是一樣。如果這樣的結果讓我們能獲得賞金，那當然就會不客氣地收下了——那麼再見嘍。」
接受訪問的時間結束了。由於彼得像是警衛一樣插身而入……
賽因只留下這句話就乖乖退下了。
「期待你們的活躍！」
在以ＧＧＯ為首的ＶＲ世界裡，每過現實世界的六十秒，就會有一分鐘過去。
酒場內時鐘的時針不斷前進，各式各樣的隊伍進到店裡。賽因每次都會加以報導來炒熱現場的氣氛。不過不再像上屆那樣，出現聯手的謎樣蒙面軍團了。

十三點四十五分過去了、四十六分過去了、四十七分過去了，到了距離截止時間只剩下兩分鐘時……

「還沒來耶。」

「嗯……」

「沒有錯過吧……」

「大概吧……」

酒場再次出現一陣騷動。

ＳＪ１以及ＳＪ３總共兩次，以優勝次數最多為傲的粉紅小不點和她的小隊到現在還沒來。在十二點五十分前身體不完全進入酒場的話就會判定為遲到而無法參加ＳＪ。

「又想撐到最後一刻才入場了。」

他們是ＳＪ２和ＳＪ３都差點來不及的隊伍。

「不，已經來了吧？我看結果又是這樣吧？」

ＳＪ４時讓人以為他們不來了，不過其實早在一個小時前就已經到酒場的包廂等待，所以有人預測這次也是同樣的情況。

「不，我從四個小時前就在這裡了，粉紅惡魔的小隊沒有任何人來。」

某個人的發言讓周圍的觀眾更加震驚。

「真的假的……」

「小蓮還沒來嗎……」

「喂喂……」

「倒是你為什麼那麼早就來這裡啊？」

「自從失業之後，待在家裡老婆就很吵。所以逃到網咖了。」

「謝謝你如此血淋淋的內容。」

這個時候……

「哎呀有人來——咦咦？」

新入店的小隊，其成員讓賽因……

「咦咦？」

「啥？」

「蝦咪？」

「為什麼？」

以及酒場的其他觀眾感到相當驚訝。

走進來的是等待已久的一群人。在巨漢M領頭之下的ＬＰＦＭ小隊的諸成員。

但讓人不得不吃驚的要素有二。

第一個是……

「粉紅色惡魔不在……Ｏｈ　ｎｏ！Ｗｈｙ？」

正如賽因所說的，走進來的是五個人。

巨漢Ｍ、刺青女Pitohui、小不點槍榴彈手不可次郎、開花彈狙擊手夏莉、英俊但其實是女性的克拉倫斯。

一、二、三、四、五──不論數幾次都是五個人。

沒錯，蓮不在隊伍裡面。

由於她很嬌小，原本以為只是跟在五個人後面所以看不見，但並非如此。很明顯不在現場。看不到身影，也沒有從後面進來。

然後第二個要素是……

「而且究竟是怎麼回事？五個人都拿著槍了！這性子也太急了一點吧？是想襲擊酒場嗎？還有Ｍ──那把是什麼槍啊！」

正如賽因在轉播時所說的，五個人從槍械、防彈背心到頭盔、槍套再到背包等所有裝備都完全實體化了。也就是在ＳＪ裡面的打扮。

雖說也不是不能這麼做──但一般都不會這樣。

輕快走在前頭的不可次郎雙肩掛著MGL－140、Pitohui右手拿著KTR－09。夏莉與克拉倫斯也各自用肩帶把愛槍揹在背後。

而最驚人的就是M了。

他像是要炫耀一般展示著剛剛入手的反器材步槍 Alligator。

將近2公尺的巨軀把足有2公尺像是長槍般的步槍掛在肩上，踩著沉重的腳步前進。寬闊背部揹著的巨大背包裡裝著以鐵壁般防禦為傲的盾牌。

這是應該只能在SJ裡見到的完全武裝。而且還毫不隱藏本屆初次登場的新裝備——原本應該用來讓敵人嚇一跳的強力槍械。

「那是什麼……」

「那是……Alligator反器材步槍！已經實際上線了嗎……」

「反器材步槍真的增加了呢，不過還沒在店裡看到就是了。」

「因為一擺出來就賣掉了啦。」

「想要的話就攻略困難任務的意思。」

「我才剛開始玩GGO，對槍械不是很清楚……不過那是烏克蘭製，手動槍機，彈匣裡頭裝有5發14.5×114毫米彈的傢伙吧。」

「已經很清楚了。」

「太大了吧。M拿著看起來比較小就是了。」

「根本是長槍了。感覺擺在腰部突擊就能刺死人。」

「好長。我拿的話絕對會刺破天花板，到時會被扣預付的房租。」

「別再提現實世界的事了。」

在酒場觀眾各自說出不負責任的發言當中……

「謎團！謎團實在太深了！原本再普通也不過的酒場裡突然充滿懸疑的氣氛！為了解開這個謎團，賽因特派員決定壓抑下猛烈從丹田湧起的恐懼，前往充滿謎團的現場！」

在周圍觀眾都感到驚訝的酒場裡，賽因朝著像是參勤交代般緩緩前進的武裝集團靠近……

「He……Hello！Every body！How are you doing？」

不知道為什麼用英文跟對方搭話。

「Why English？」

走在前頭的不可次郎抬起戴著頭盔的頭部，瞄了賽因一眼這麼問道。賽因立刻就回答：

「那是因為我不會說法文！」

「原來如此。」

像是感到滿意的不可次郎把頭移回去後繼續步行，簡直就像賽因的任務已經結束了一樣。以嚴峻的表情，威風凜凜、矯健的小小步伐走著。

被不可次郎丟下的賽因接著靠近Pitohui。

「大姊大姊！請讓我問兩個問題！兩個就夠了！快沒時間我就直說了！粉紅色小不點人呢？還有為什麼大家都變成把全部武裝露出來的暴露狂？」

這時刺青女……

「小蓮她放棄參賽了喲～」

隨口就這麼回答。

簡直就像在回答「今天的早餐是草莓果醬吐司，還有納豆跟鵝肝醬」一樣簡單。

「什！妳說什麼！」

賽因的吼叫跟酒場內觀眾近似悲鳴的喧囂重疊在一起。

那個時候女性的聲音開始廣播參賽者即將被傳送，但喧囂的聲音已經大到足以蓋過這樣的廣播。

Pitohui像要表示這不是什麼稀奇的事情一般，一邊走一邊平淡地說明著：

「大家都知道，有莫名其妙的傢伙懸賞小蓮的人頭對吧？所以她就鬧彆扭說『太蠢了。別弄髒了我的ＳＪ』。到剛剛才傳『我今天不參賽了，大家加油喔』的訊息過來。我們也說了只不過是遊戲，回了好幾封訊息要她參加了。有所期待的大家，真的很抱歉。嗯，我們就算五個人也沒問題。也入手新的武器了，我看就再拿個冠軍吧。那麼再見嘍。」

Pitohui只留下這段話就準備離開……

「Oh my god……」

如此呢喃的賽因沒有追上去。

在周圍的觀眾們一片寂靜當中，五個人持續著莊嚴的出巡行列，最後消失在附近的包廂裡。

留在大廳的賽因回過神來後就獨自開始轉播。

「聽……聽見了嗎各位！聽見了嗎！太驚人了！Big surprise！粉紅小不點不參賽！這是真的嗎！晴天霹靂！青春經歷！懸賞金該怎麼辦！ＳＪ５該怎麼辦！」

盡情大叫完後，他才注意到某件事情。

「啊，完全沒有回答武裝外露的理由嘛。」

然後時間來到十二點五十分。

跟其他參賽的成員一樣，賽因從現場消失，被傳送到十分鐘的待機區域去了。

待機區域是微暗且狹窄的地方。

是一個不站起來的話就不清楚到底有沒有地板的空間。「待機時間　09：59」的數字在空中無聲地持續倒數著。

十分鐘內，這裡是ＳＪ參加者們確認、準備裝備，決定是否打起精神、思考小隊作戰或者閒著無所事事來度過各自時間的地方。

順帶一提，在ＳＪ死亡的玩家也同樣會被傳送到這裡待機十分鐘。

不可次郎在這個地方……

「這樣能騙過他們嗎？」

對旁邊那個像座山一樣高的小隊成員這麼呢喃。巨漢Ｍ背上的迷彩圖樣巨大背包——蓋子啵一聲被從裡面打開……

「噗哈！」

粉紅色嬌小玩家從裡面探出頭來。那個人當然就是蓮了。一直縮起身體，一動也不動地躲在裡面的蓮。

Ｍ表示：

「應該立刻會被戰鬥過的小隊識破吧，不過全力把他們幹掉就可以了。就算被酒場內的觀眾識破，他們也無法告訴參賽的玩家。至少以賞金為目標，不準備獲得ＳＪ優勝的隊伍不會積極地以捨身攻擊來對付我們了吧。先不管那些老面孔，應該成功讓沒有進入酒場包廂而在外面座位觀察情況的隊伍感到失望了吧。」

如此平淡地回答完，只穿著粉紅色戰鬥服身上沒有著裝裝備品的蓮就從背包裡探出上半身，接著費勁地爬到M的肩膀上。

最後雙腳從背包裡伸出來就從該處輕輕跳下。然後順利著地。

「哎呀！小蓮妳來了嗎！討厭啦，我……剛才對記者說謊了！」

面對發出刻意聲音的Pitohui……

「明明就是Pito小姐要我這麼做的。」

蓮以陰濕的視線看著對方。沒錯，提案者就是這個傢伙。

咧嘴讓刺青扭曲的Pitohui表示：

「這樣大多數人都認為小蓮不在，看見的話會以為見到幽靈而害怕。這個點子真是太天才了……啊啊，真害怕自己的才能……」

「這很難說吧……而且我才不會因為被人懸賞就逃離ＳＪ呢。」

蓮噘起櫻桃小嘴表明決心後，Pitohui兩頰的刺青就產生極大的扭曲。

「這才是我的小蓮！」

「才不是Pito小姐的呢。」

坐在漆黑地板上把腳往前伸，也就是所謂放鬆模式的克拉倫斯……

「蓮啊，妳真的沒有什麼頭緒嗎？」

對著蓮這麼問道。

因為克拉倫斯穿著整套黑色衣服，加上頭髮也是黑色，所以看起來就像只有一張帥臉漂浮在黑暗空間之中。讓人覺得有點恐怖。

「我說沒有就是沒有！」

蓮的腦袋裡閃過西山田炎的身影，但立刻就否定了這個念頭。

雖然是毫無根據的第六感，但他應該不是會做出這種事的人才對。

順帶一提，事發之後跟大家以電子郵件溝通時，美優、豪志與艾莎也都是同樣的意見。認為這次不是他幹的好事。

詢問美優立刻如此斷定的理由後……

「因為那個傢伙應該一點都不想跟香蓮扯上關係了。」

她便丟出這種具爆炸性的名推理，讓香蓮靜了下來。

蓮表示：

「應該說，要是有什麼頭緒的話，大概就是至今為止在ＧＧＯ以及ＳＪ裡被我殺掉的所有人吧！」

「說得也是～但一般人不可能輕易準備那麼一大筆錢喔。也就是說這是異常狀態，應該是很執著的類型。」

GGO的點數可以轉換成電子貨幣。也就是可以從事現實金錢交易（Real Money Trading），簡稱RMT。匯率是100比1，所以1億點數換算成日幣就是100萬圓。以遊戲的餘興來說是相當瘋狂的金額。

「這應該是……每個人各出一些錢來勾結在一起，大概啦！積少成多嘛！」

「是這樣嗎……」

但這樣的話就代表怨恨蓮的人多到不可思議，這樣真的沒關係嗎？

無視這個部分……

「哎呀克拉小妞。在這裡再怎麼談論都不會有答案喔。」

Pitohui如此安撫著克拉倫斯。

注意到蓮正以類似梅雨季節的陰濕眼神看著自己後，Pitohui便回應：

「說過好幾次了，真的不是我啦～」

七天前。

蓮遭到懸賞之後，就接到SHINC的老大，也就是新渡戶咲傳來的訊息。

雖然是封相當熱血的一封長信，但想說的其實相當簡單。

也就是……

「絕不允許這種行為！接下來的ＳＪ在剩下最後兩支隊伍前一起戰鬥吧！」

把這樣的訊息內容告知隊友後，他們也沒有反對的意思。

不論是ＳＪ４還是前幾天的任務裡，這兩支隊伍都一起戰鬥，何況也沒有不准實力強大的玩家互相結盟的規則。

那就這麼決定了。等幹掉所有其他的隊伍之後，再帥氣地對決一次吧。

但還有一個很大的問題——

「關於跟ＳＨＩＮＣ的會合，只能等十三點十分的掃描來掌握位置，再來就是順情勢發展了。」

在剩餘時間不到六分鐘的待機處裡，Ｍ開口這麼表示。

他已經把Alligator收進倉庫欄，把切換裝備用套件，或稱其他武裝，又或稱第二武裝交給Pitohui保管。

現在放在粗大腳邊的是他愛用的，能發射7.62×51毫米ＮＡＴＯ彈的突擊步槍——Ｍ１４・ＥＢＲ。

蓮剛才躲藏的背包裡裝了在至今為止的ＳＪ中相當活躍的盾牌。順帶一提，到剛才為止都為了不破壞背包的外型而只裝了兩片。蓮就待在盾牌中間，也就是像三明治的食材一樣。

Pitohui以下的眾人都在進入酒場前就已經全副武裝，所以沒有事情可以做了。

蓮也靜靜地握緊剛才實體化的愛槍Ｐ９０——心愛的小Ｐ，接著在兩邊的腰間各掛上三個它的彈匣包。

彈匣包以及槍內共七個，以及收納在倉庫欄裡的全部算在內的話，蓮總共帶了二十五個彈匣，子彈數共１２５０發。這算是相當多。是小型子彈與50連發彈匣才辦得到的事。

戰鬥小刀的小刀刀裝備在腰部後方的位置。

已經拿到ＳＪ所需的衛星掃描接收器，跟往常一樣收在戰鬥服胸口的口袋裡。

ＳＪ期間，為了公平起見唯一的ＨＰ回復道具，也就是三根粗大的筆型「急救治療套件」則為了容易取出而收在腰前的腰包裡。

能大幅降低光學槍傷害，外表看起來就像是大顆寶石一樣的「對光彈防護罩」跟平時同樣掛在腰帶上。

「唔嗯，再來也只能順其自然了。」

呈大字型仰躺在地板上，甚至比克拉倫斯更加放鬆——可以說進入睡眠狀態也不奇怪的不可次郎這麼說道。

塞滿槍榴彈的背包被拿來當成枕頭，綠色大頭盔則輕輕放在肚子上。

既然決定跟ＳＨＩＮＣ聯手，最大的問題就是「該如何盡快會合」了。

至今為止的ＳＪ都是把強大的隊伍放在戰場的四個角落，這次應該也是一樣吧。

至於四大強隊應該就是ＺＥＭＡＬ、ＳＨＩＮＣ、ＭＭＴＭ以及蓮他們了。他們是ＳＪ４時確實從地圖角落出發的一群人。

戰場地圖的大小是一邊10公里的正方形。

也就是１００平方公里。已經數次拿出來做比較了，山手線的圈內大概是63平方公里。

這算是相當寬廣的空間。兩支隊伍要碰面必須經過相當艱難的過程。

通訊道具無法一開始就跟敵方隊伍連線。只能在戰場上會合後才能連上線。

可以藉由開始十分鐘後的衛星掃描來互相判定對方的位置，反過來說就是在這之前禁止魯莽的行動。

接著需要從一開局有許多敵人的戰場移動來找到對方。這段期間還得跟包含ＭＭＴＭ與ＺＥＭＡＬ在內的強敵戰鬥並且存活下來。

由於目前仍不知道開始地點的位置，所以無法決定集合地點是在戰場中央還是只要往東西南北其中一邊移動就好。在十三點十分前無法做任何事，之後也只能夠順著情勢走。

「蓮。」

夏莉難得主動跟蓮搭話。

「反正頭已經洗了。在跟ＳＨＩＮＣ會合前，我陪著妳吧。」

「謝謝！那真是太棒了！」

蓮直率地感到開心並且感謝對方。

「那我也一起！」

克拉倫斯如此表示。

「謝謝！」

蓮雖然表示感謝……

「別被騙嘍，小蓮。」

看起來像閉起眼睛在睡覺的不可次郎只動著嘴巴說：

「她們自己兩個人的話一開局很難存活下去，才會隨便找個冠冕堂皇的理由。」

「我知道喔！妳以為我參加ＳＪ幾年了？就算是這樣，實際上對自己有幫助時還是要表達謝意！」

「妳這傢伙真的人太好了。嗯，不過這也是妳的優點——那麼，話說回來，各位。老朽有一個問題……」

接著不可次郎就在維持臥姿的狀態下說出了恐怖的發言。

「我們幾乎確定可以在ＳＪ５獲得冠軍的時候，沒錯，就是結束跟ＳＨＩＮＣ聯手，也把其他隊伍收拾乾淨，再來就只要隨手解決ＳＨＩＮＣ。而且是就算沒有蓮也能輕鬆獲勝的狀況下——」

「好了好了，不可小妞，不用把話說完我都懂喲～」

Pitohui很開心般加入討論。

「我也懂喔。早就這麼想了。」

克拉倫斯也露出燦爛的笑容。

夏莉應該也懂不過一直保持沉默，Ｍ也是一言不發。

不可次郎繼續著恐怖的發言。

「在那個狀況下——我或者隊友從蓮身後開槍或者毆打、刺殺她的話，究竟能不能拿到1億點數呢？」

「什！」

原本搞不清楚狀況的蓮從嘴裡噴出口水。

一回過頭，伙伴們——Pitohui、克拉倫斯、夏莉以及躺在地上的不可次郎都以銳利的視線望著自己。

那是眼睛裡看得見「￥」符號的視線。

「妳……妳……妳……妳們幾個！就……就這麼……想要錢嗎？」

蓮發自靈魂的問題……

「想要。」

「想要。」

「想要。」

「想要。」

讓四個人連續做出回答。

遲了一會兒後……

「可以的話，我也想要。」

M以低沉的聲音這麼表示。

蓮開始發抖了。是將鍛鍊出來的敏捷度完全發揮的超高速震動。

「咕唔、咕唔唔唔唔唔……好啊！那個時候所有人一起上沒關係！我把你們全都幹掉！不過僅限『幾乎快贏得優勝的時候』喔！」

「OK～」

不可次郎……

「了解！」

克拉倫斯……

「就這麼辦。」

夏莉……

「Roger！」

Pitohui……

「知道了。」

M依序做出回答。

隊友之間的戰鬥也在預料當中。這正是LPFM小隊的強大羈絆。大概啦。

倒數在如此溫馨的氣氛當中持續著——

01：00。

「好了大夥們，要上戰場了！票帶了嗎？別來不及搭巴士啊！」

Pitohui拉下KTR—09的上膛拉桿，把第一顆子彈送進膛室。那是會讓所有GGO玩家熱血沸騰的清脆金屬聲。

「要上嘍，右太、左子——」

像跳起來般起身的不可次郎，戴上頭盔並且拿起放在地上的兩把MGL—140。

「那麼，這次有什麼有趣的殺人方式呢。Let's kill！Enjoy！」

克拉倫斯裝填著AR—57的子彈，露出殘酷的笑容。

「Pitohui，洗乾淨脖子等著吧。」

夏莉一邊朝隊友這麼說著一邊往返拉動R93戰術2型狙擊步槍的槍機。這把直拉式槍機的步槍只要前後拉動槍機拉桿即可。所以相當迅速。

接著夏莉就上了位於槍機後方的保險。

在GGO裡持槍時會特地上保險的絕大多數都是在現實世界也有射擊經驗的人。這是因為已經變成習慣了，不論是真槍還是空氣槍都會有這種習慣。

只在GGO裡開過槍的玩家就不會這麼做了。因為跟安全比起來，他們更加重視隨時都可以發射子彈，而這不是什麼錯誤的決定。

「那麼，加油吧。依狀況來進行第二武裝的交換。不用等待我的指示。」

M拉下M14・EBR的槍機拉柄並且放開。

咬著彈匣最上方的子彈將其推入槍械裡面的金屬發出至今為止最豪邁、尖銳的聲響。

然後M也上了保險。果然不會忘記。

00：05。

「好，來吧！不論是誰都可以，來取我的人頭啊！」

蓮的手放開P90槍機拉桿的瞬間，所有人就變成光粒消失，黑暗的空間裡再也沒有任何人。

同一時間，顯示著「00：00」的牆壁上浮現大大的文字。

牆壁上……

「繼續追加關於ＳＪ５的特殊規則！很重要喔！要仔細閱讀喲！死都不要放棄！」

浮現這樣的巨大文字，其下方則出現相當長的說明文。

沒有任何一名玩家能夠閱讀這些內容。

仍然連一個都沒有。

SECT.3

第三章　Alone in the mist

傳送的刺眼光芒結束後，蓮睜開眼睛。

「嗯？」

周圍是一片雪白。

實際上是非常明亮的灰色，或者可以說是乳白色吧。雖然不至於刺眼，不過是除此之外就看不見任何東西的世界。

「咦？」

蓮一瞬間以為是傳送失敗，但ＶＲ世界就是不會發生這種事情，所以應該是除此之外的現象。

蓮首先不慌不忙地努力掌握狀況。她３６０度轉了一圈並且環視周圍之後……

「果然是一片白……」

附近全部都是白色，確認不論面向哪一邊都是除了白色就看不見其他東西。看了一下上方也是一樣。

看向腳邊後，兩條粉紅色的腳下面可以看到水泥地。雖然有些暗沉，但在ＧＧＯ裡是很常見的白色水泥地面。

幾秒鐘後……

「霧嗎……」

蓮理解了。自己目前在相當濃的霧裡面，所以除了腳邊就看不見其他東西。

而且因為地面的水泥也是白色，所以就算看向遠方，也搞不清楚究竟能看多遠。

如果剛才的待機處是黑到看不清楚的空間，這裡就是白到無法辨識的空間。

那麼至少得了解方位，於是看向顯示在視界最上方的羅盤。

「不行嗎……」

是無法使用的狀態。顯示變成淡紅色了。

GGO內會因為不同的戰場而發生像這樣的——「無法使用羅盤」狀態。

理由不是因為受到損傷的地磁場如何如何，就是受到會發射電波的敵人干擾之類的。

簡言之就是「設定上便是如此別抱怨了」。

「嘿，蓮。妳現在人在哪裡？小到根本看不見了。」

「不可？」

她的聲音只傳到左耳裡面。

那就表示是只透過通訊道具的聲音。因為蓮把通訊道具設定在左耳，以上就是證明。順帶一提可以設定成右耳或者兩耳皆能聽見。

由於隊友應該會被傳送到附近，所以右耳聽不見，也就是完全聽不見實際聲音就有點奇怪了。

「要說在哪裡嘛，是在很濃的霧裡喔。根本看不見在什麼地方。」

「這樣啊我也是。其他人如何？依照M、Pito、克拉、夏莉的順序請說吧。」

不可次郎一這麼問，M的聲音就傳了回來。也同樣是透過通訊道具才能聽見。

「我也在非常濃的霧裡。完全看不見周圍。」

接著是Pitohui。

「什麼都看不到喲。」

然後是克拉倫斯。

「一樣！簡直跟雲一樣。搞什麼啦這樣很恐怖耶！話說回來，雲跟霧有什麼不一樣啊？」

最後是夏莉。

「就現象來說霧跟雲是一樣的，不同的只有是否觸碰到地面還是只存在於空中。確實是很濃的霧。根本沒辦法開車嘛。」

「原來如此。不過就算整個放晴了，夏莉還是別開車比較好吧？」

克拉倫斯這麼表示……

「現在別提這件事。」

什麼事都難不倒她只有開車技術實在不行的夏莉這麼回答。

「怎麼辦，這樣大家是在什麼地方……？」

蓮感到困惑。

隊友似乎在較遠的地方，到底要朝哪個方向前進才能到眾人的所在地呢？

目前能做出「現在不能魯莽行動」的判斷。腳程迅速又嬌小的蓮更是應該謹慎。

「等等……」

M難得發出感到困惑的聲音。

「我會依序對所有人提問。腳邊是什麼狀況？Pito？」

「是黑色的濕土喲～」

「夏莉？」

「緊實堅硬的雪原啊。你們不是嗎？」

「克拉倫斯？」

「咦～？妳們兩個在說什麼啊。我現在站在茶色的乾土上面！根本沒有雪！」

「不可？」

「可以看到在砂石上鋪設了幾條鐵路的地點，應該是編組站吧。就是SJ3開局時看到的那個。看來是沿用了同樣的地圖檔案。」

「蓮？」

「只有白色的水泥地！停車場嗎……是道路喔！」

這怎麼可能啦。

蓮心裡這麼想，但沒有說出口。

所有人腳邊都是不一樣的地形。明明應該在同一地點才對，不可能有這種事。

於是只能導出一個答案。

「也就是說——」

不論是如何難以置信的答案，只要收集的情報正確結論就不會有錯。蓮開口說出了結論。

「我們『全都在不同的地點』嘛。」

「沒錯。」

M確實地回答。

「傳送時就分散了——不對，是『被分散了』。」

被分散了？

蓮在內心感到疑惑的同時，時間剛好來到十三點三分。

簡直就算計算好謎底已經揭曉一般，眼前出現了訊息。

出現在白色空中的黑色巨大文字，只有該處的玩家能夠閱讀。

上面寫著這樣的內容。

「繼續追加發表本屆的特殊規則！

遊戲開始時，我把所有小隊成員分開來配置嘍！首先就努力會合吧。

因為可是有一百八十個人，所以敵人會出現在近處，這是必須特別注意的地方。

另外請注意只有小隊長跟之前的規則一樣會距離1公里以上。

還有這場霧會慢慢，真的是一點一點地放晴。

然後到了十四點整，ＳＪ開始一個小時後將會完全消失，所以請不用擔心。

只不過，在那之前完全無法使用羅盤。

而且也不會知道隊友的ＨＰ殘量。只有死亡的時候會在名字上顯示×符號。

還有還有！從第一次衛星掃描的十三點十分開始一直到霧完全散去的十四點為止，會限制目前正在使用的通訊道具。

在實際會合碰到手之前，將沒辦法跟遠方的同伴通訊。

還是趁現在確實地進行作戰會議比較好喲。」

「啥？」

蓮的下巴掉了下來。這時跟她做出同樣行動發出同樣聲音的玩家有一百個人以上。

那個狗屁贊助商作家，又擅自把重要的規則胡搞瞎搞了一番。而且事前還沒有發表。別開玩笑了，混蛋。

ＧＧＯ以及其他的遊戲裡確實可能出現「在遊戲中傳送後小隊就分散了」的情形。前幾天的任務也是如此。

另外出現濃霧的戰場也不是太稀奇。

這是為了演出跟敵人遭遇的焦慮與心跳加速感，以及醞釀恐怖氣氛的機關。

由於這樣的霧是規則上需要，所以無法藉由手邊方便的道具——比如夜視裝置、遠紅外線探測器、偵熱探測器等來透視霧氣。

只是沒想到竟然會在小隊淘汰賽裡出現。而且還附加無法使用羅盤、在相遇前無法通訊的限制。

這時Ｍ……

「果然是這樣嗎？所有人蹲下，盡可能別發出聲音。有白色迷彩的話就使用。尤其是蓮。」

「知……知道了……」

蓮就像看見心愛點心的狗一樣高速趴下，以左手操縱視窗由倉庫欄裡將以暗沉白色為基調，到處可見灰色汙點的雪地迷彩斗篷實體化並且裝備上去。
因為蓮除了在紅褐色沙漠戰場之外都相當顯眼，所以帶著許多各種迷彩圖案的斗篷。
要我放棄粉紅色就好了？是要我去死嗎？
趴在地面的粉紅色青蛙變成帶著白色與灰色斑點的青蛙了。順帶一提，夏莉在確認所在地點後就做出同樣的動作。真不愧是狙擊手。
「附近而且是100公尺以內有敵人的可能性很高。」
M的聲音繼續這麼說道。因為是透過通訊道具，所以就算是連待在眼前也聽不見的超小聲音也能確實傳進耳裡。
「所有人別放鬆戒備，豎起耳朵來。自己盡可能不要發出任何聲響。」
這也是理所當然。因為100平方公里的空間裡，分散配置了最多達一百八十個玩家。
Gun Gale Online官方，同時也是玩家間競爭最強寶座的淘汰賽「Bulleto fB ullets」（BoB），只在同樣大小的戰場配置了三十名玩家，現在這是什麼擁擠的狀況啊！到底要我們怎麼辦？
蓮雖然一瞬間浮現出許多想法，但為了不阻礙到M的注意力而沒有說出口。
「現在對特殊規則感到火大也沒有用了。不論什麼樣的狀況我們都要盡力而為。首先是所有人的會合。這是包含武裝切換在內，對於能順利會合的隊伍占優勢的規則。所有人拿出衛星掃描接收器，隱藏起畫面好好地看著。」

蓮按照指示行動。之所以要隱藏畫面，是因為光芒會引起注意的關係吧。

她一邊以右手手掌遮掩左手上的智慧型手機般衛星掃描接收器一邊叫出地圖。

如果是至今為止的ＳＪ，應該就會出現地圖的細部，只顯示出自己的起始地點位於何處。

地圖隨即出現。

「啊？」

雖然出現，但什麼都看不到。

只看到一片白色。像是螢幕故障般的一片雪白。宛如將剛買來的影印紙貼到上面去一樣。

然後如果是平常的ＳＪ，身為小隊長的自己，所在之處應該會出現一個白色亮點——

蓮凝眼細看後，雖然不容易分辨不過確實看見了。有一個跟畫面不太一樣的深白色光點。

雖然看見了光點，但看不見地圖的話就不知道究竟是在哪裡了。

即使開合手指，重複放大縮小畫面，白色畫面裡也只能看見一個白色光點。

「根本看不出來……」

蓮小聲呢喃著，而其他隊友似乎也是一樣……

「這不可能嘛。」

不可次郎的抱怨傳到耳裡。

「我猜啦——」

Pitohui的聲音傳到所有人耳裡。

「在霧氣散去之前可能都看不見整體的地圖。小蓮，有白色光點顯示隊長的所在位置吧。妳可以把它放到最大嗎？」

「了解了。」

蓮按照指示，持續把螢幕放大到剛才也沒有如此誇張的地步。她的右手忙碌地動著。然後……

「放到最大了。沒有什麼不同。」

即使再也無法放大，螢幕依然是一片白。

「這樣的話，妳一邊注意周圍一邊移動。大概20公尺左右就可以了。」

「知……知道了……」

在不清楚對方意圖下，蓮緩緩地蹲起來，然後發出「沙沙沙沙沙」的聲音快速移動。動作簡直就像北海道沒有的，扁平且大多是黑色，而且油亮亮又不願意說出其名字的昆蟲。當然在此也不會說出名字。

蓮所看的白色地面開始移動，最後可以看見一條像是顯示車道中央般的白色虛線。自己現在果然是在一條像是高速公路的寬敞道路上。

「啊。」

接著地圖產生變化。原本看起來像紙一樣白的螢幕出現地圖了。那是一條道路般的線。可以看出畫著中央車線。

「看見什麼了？機器的顯示有沒有變化？」

「眼睛和地圖都看出自己在一條大路上了！」

「果然如此。ＯＫ，小蓮感謝妳，在那裡警戒待機——大家聽我說，這張地圖是『自己看到的部分會顯示在自己的儀器上』喔。霧濃的時候似乎只能看見腳邊附近，所以完全沒有變化就是了。」

啊，原來如此！

再次趴到地上的蓮在心中打了一下膝蓋。

那就跟一般遊戲時的開地圖一樣。

比如首次進入洞窟或者地下都市時，只有自己視界所及的地點會自動形成地圖。以正確的方式來說，因為地圖會自動描繪，所以是「Auto mapping」。

過去桌上角色扮演遊戲與只有３Ｄ顯示的遊戲，玩家們好像只能自行以方格紙手繪地圖，也就是手動來完成。不過那樣也有那樣的樂趣。

但從來沒想過必須得在ＳＪ裡開地圖。至今為止，遊戲開始後就馬上能瀏覽全部的地圖。只有ＳＪ３的隱藏最後戰場——豪華客輪算是例外。

「這麼一來——」

克拉倫斯開口發言。

「一開局在霧裡到處亂動的隊伍比較有利吧？」

「只看開地圖的話啦。只是剛剛也說過了，霧很濃的時候效率太差，最重要的是遭遇敵人的機率也會上升。」

Pitohui老師立刻這麼回答。學生克拉倫斯似乎可以接受這種說法，只簡短地答了一句「說得也是」。

跟隊友會合的話會怎麼樣呢？

像是看穿蓮的心思一般，Pitohui又表示：

「然後，當哪個人順利跟同伴會合的瞬間，地圖情報應該就會統合起來。即使在戰場上，如果有人從對向過來就可以交換地圖對吧？」

原來如此、原來如此。

蓮也了解了。

「各位……現在的我們，簡直就像……香蕉一樣……」

不可次郎以沉重的口氣，意有所指般這麼呢喃著。

接著又繼續說道：

「你們知道為什麼嗎？因為——」

蓮直接回答：

「『五里霧中』對吧。」（註：日文「五里霧中（ごりむちゅう）」的發音近似猩猩著迷，在此引申為猩猩著迷於香蕉之意）

她不允許不可再扯下去了。所有人都保持沉默，只有克拉倫斯笑了一陣子。

蓮看著戴在左手腕內側的手錶。

十三點六分過去了。距離最初的衛星掃描剩下不到四分鐘。

ＳＪ裡開始之後的十分鐘是不移動的作戰時間，現在已經沒剩下多久了。

這下該怎麼辦才好？

蓮感到煩惱。

衛星掃描開始的話，應該跟平常一樣會顯示出隊長的位置與隊名。將因此而得知自己與敵方隊長的距離。

同一時間，也會因光點偏向哪一邊來得知「自己大概在地圖的什麼地方」。

比如說，比自己更西邊與南邊的地方沒有任何光點的話，就能知道自己是在地圖的西南角。

但是之後該怎麼辦呢？

物理上是可以掌握ＳＨＩＮＣ的位置並且往該處前進。但是路途中也不是沒有其他分散於各地的玩家。

說起來，就算知道隊長的方位，但這次不能使用羅盤，所以需要一點一點移動來邊畫地圖邊走過去。

那麼以小隊會合為優先，請大家來自己的所在地呢？

不，無法馬上這麼做。因為大家都不知道自己目前身處何處。

掃描之後移動一定距離讓地圖出現變化的話，也能大概知道自己的位置才對，或許可以一點一點慢慢聚集起來，不過這段期間遭遇敵人的機率會上升，何況可能在會合前就經過一個小時了。

不能使用通訊道具也很頭痛。

如果相隔遙遠依然能對話，就能採取各種手段，也不會這麼害怕了。

那個狗屁贊助商作家，竟然老是準備如此麻煩的困難。找到他的話，絕對要朝他的屁股或者腦袋又或者是兩者同時開槍。

「趁現在先傳達各人的作戰。」

Ｍ忽略身為隊長的蓮直接開口這麼說。

蓮完全沒有反對的意思。因為Ｍ才是適合當隊長的人。

我只是嬌小可愛，腳程又快，又嬌小然後又可愛的誘餌隊長罷了。

「不可。」

「在喲。」

「妳先躲起來吧。能找到像SJ3那樣的貨車是最好的。發現安全地點的話就完全不要離開那裡也沒關係，也不要戰鬥。就算偶然發現某個人，除了隊友以及SHINC以外全都避開。幸運地跟哪個人會合的話，可以提供該名玩家支援，不過還是不要強行移動。」

「就覺得你會這麼說。了解了，我很擅長躲貓貓喲。」

原來如此。

蓮再次同意M的指示。

不可次郎的槍榴彈發射器，是能對在遠方的敵人發揮強大破壞力的武器。無法看見遠方的這種狀況下，就算想戰鬥也無用武之地。

只是帶著好看的手槍，就算開幾萬槍也無法擊中目標——不對，說不定子彈會因為手槍故障而飛向不可思議的地方，結果因此而擊中。

先別管這些了，對於不可次郎來說，什麼都不用做，只要先躲起來就是最佳的選擇。在霧氣消散前的這一個小時裡，甚至可以找個安全的地方睡午覺。

「夏莉。」

「嗯。」

「妳在雪原吧。拿出滑雪板盡量到處移動。發現玩家的話就開一槍然後逃走，不過別誤擊隊友。」

「已經拿出來了。我會這麼做——不過，Pitohui也算是伙伴嗎？」

夏莉以開心的口氣提出「香蕉算是點心嗎」般的問題，M便回答：

「隨妳高興。」

「了解了。」

如此回答的夏莉絕對正咧嘴笑著。在白色濃霧當中，她的白色牙齒一定正發出亮光。

蓮心裡這麼想，但沒有說出口。

「克拉倫斯。」

「嗨嗨。」

「乾土的話應該是荒野戰場，是不容易躲藏的地點。趁著霧還濃的時候盡可能緩緩移動，發現敵人的話開槍也沒關係，不過立刻要全力逃走。霧氣消散到超過AR—57的射程時將對妳不利，可以的話還是移動到其他戰場去躲起來。」

「OK！我會自己找樂子喲。反正我也沒有幫什麼人搬東西，就算死了也無所謂！」

「最後是蓮。」

M似乎不打算對Pitohui說些什麼。應該是沒必要說的關係吧。因為她是丟著不管也無所謂的魔王。

反而想跟Pito小姐身邊的敵人說還是快逃比較好。現在的話可能還來得及。不對，可能已經太遲了。

蓮心裡這麼想著……

「是。」

同時以充滿精神的口氣回答並且等待M的命令。時間是十三點九分二十秒。

「在霧變淡之前把武裝變更成Vorpal Bunny。放在裝有預備彈匣包包裡的防彈板會保護妳的背部。不要移動看完掃描，顯示一消失就盡可能快速逃竄。以蓮的速度跟身材，就算在霧裡遭遇敵人也不是那麼容易被擊中才對。至於攻擊，如果能放冷箭的話就開槍，不行就逃走。就算攻擊也以一擊為限，然後就絕不回頭直接逃走。」

「了解！」

距離衛星掃描還有三秒。蓮理解所有的作戰了。

藉由自己的高速，雙手拿著Vorpal Bunny，一邊注意障礙物一邊盡力全速奔馳。

在霧中發現敵人的話，能開槍就開槍。不過不需要勉強。僅限明顯能擊中敵人時才攻擊，然後就逃走。

在霧氣消散到P90的有效射程——大約能瞄準200公尺外敵人之前就以手槍來戰鬥。

M雖然沒有說，但這絕對兼具開地圖的任務。情報當然是越多越好。

「時間到了。希望大家都能幸運地活下來——我們等會兒見。」

聽完M的聲音，接著手錶顯示的時間變成十三點十分零秒。

最初的衛星掃描開始了。

形式上是由在宇宙裡的人造衛星掃描地表，然後我方接收其檔案。

開始掃描的區域每次都會因為人造衛星的軌道傾斜度，也就是行經方位而不同，然後掃描結束的速度也會因為起動速度，也就是Speed而每次都不一樣。

這次是從正北方開始。白色光點從正北方往正南方慢慢一顆一顆增加。

至於地圖，只見蓮拚命地Pinch-in——也就是在畫面上收攏兩根手指，所以比例尺變成最小，亦即應該可以看見整張戰場地圖才對。

依然趴著的蓮從邊緣開始觸碰出現的白點來確認上面的名字。

SHINC在哪裡？然後LPFM又在哪裡？自己是在地圖上的哪邊附近？

「咕！」

蓮發出低沉的悲鳴。

位於地圖的西北——從偏向推測出應該是這個方位的光點，顯示出ＭＭＴＭ的名字。

然後在它的東側，當然就是東北的角落——出現的光點……

「大家！」

顯現出ＳＨＩＮＣ的文字。不論看多少遍都是ＳＨＩＮＣ。並非名字相似的其他隊伍。

按照強隊分散在四個角落的傳統，自己應該是在地圖的左下——西南的位置，又或者是右下——東南的角落。

「拜託Gun Gale的神明，千萬是在近處的右下。」

不怎麼信神的蓮，只有在這種時候會祈禱。雖然蓮常向「Gun Gale的神明」祈禱，但根本不知道是不是有這樣的神明。

蓮還是觸碰了一下散布在地圖中央的亮點，但根本心不在焉。裡面出現見過與不曾見過的小隊名稱。

接著掃描終於來到最下方的南側——

「嗚！」

蓮發出細微的悲鳴。

果然沒有Gun Gale的神明。蓮放棄了信仰。目前暫時是放棄了。

顯示ＬＰＦＭ的地點，也就是自己目前的所在地是在地圖左下，西南的邊緣。

跟ＳＨＩＮＣ是隔著對角線的相反方向。亦即地圖上最遠的地點。

「啊啊……」

蓮想起ＳＪ２的事情。為了拯救艾莎而發誓要殺掉Pitohui的那一天與那一場遊戲。

開始時——她們也是在對角線上的邊緣，也就是最遠的地方。蓮當時詛咒了這個世界。

但是……

「哼，可惡！看我的！」

蓮選擇相信自己而不是相信神明。

ＳＪ２的時候也是一樣，沒時間在一開局的這種地方自暴自棄了。ＳＪ才剛開始，接下來這場戰鬥還要持續兩個小時左右。

既然是戰鬥，要做的事情就相當清楚——

也就是相信自己而戰。

蓮把衛星掃描接收器收到胸前口袋裡，左手迅速操作視窗。選擇一鍵變換裝備並且按下。

「等一下見了，小Ｐ。」

躺在身邊水泥地上的Ｐ９０消失，腰部左右兩邊的彈匣包隨同內容物一起消失……

「拜託嘍，小Vor們。」

相對的有光粒迅速聚集在趴著的蓮眼前的路上，最後形成兩把粉紅色自動手槍「AM.45小蓮版本」，暱稱「Vorpal Bunny」的形狀。

收納兩把手槍的尼龍製黑色槍套，以及裝了大量預備彈匣的背包也實體化同時著裝到雙腿以及背上。白色迷彩斗篷自然鼓了起來。

蓮雙手抓住Vorpal Bunny並且站起來後，以握在右手的手槍照準器突出部位勾住左手手槍的突出部位來拉動滑套。接著反過來重複了一遍相同的動作。

鏘嘰鏘嘰！

金屬聲連續在霧中響起，這樣「.45ACP」手槍子彈就裝填到Vorpal Bunny的膛室裡了。

蓮的視界右下方出現兩個手槍符號，其旁邊顯示著一個彈匣份的子彈數也就是「6」。背包裡面有四十個預備彈匣，合計共240發。由於彈藥還會回復，所以應該可以盡情開火。

「好！」

蓮隨著激勵自己的發言準備起身的瞬間，就聽見了槍聲。

突然的槍聲與子彈連同衝擊波一起飛去的聲音。接著是之後從霧中清楚延伸過來的紅色彈道預測線。

「咿！」

子彈與彈道預測線從右至左，像掃把掃過一樣從緊趴在地的蓮頭上飛過。像是5.56等級步槍般尖銳的高速連射。

再快零點五秒站起來的話，蓮就絕對被擊中了吧。如果是一般身高的玩家也一定被擊中了。

蓮靠著矮小的身材在千鈞一髮之際得救了。

在空氣變得像是牛奶一樣的霧氣裡面，可以看見點點砲口火焰——也就是開槍時出現的火焰。彈道預測線就是從那裡延伸過來。

雖然因為濃霧而看不見，但那裡絕對有人。是從自己這邊看去的左斜前方，距離大約20～30公尺。

可惡！那個傢伙！看我幹掉你！

蓮完全發揮鍛鍊出來的敏捷性使出了超高速匍匐前進。這是只有蓮能辦得到的技巧。用跟無法說出名字的昆蟲一樣的動作，朝著快要變成視野之外——如果是右撇子的話，算是對方的左側移動。

這段期間敵人也重複著「點放射擊」，也就是以全自動射擊斷斷續續發射數發子彈的射擊方法，沒有進行移動只是持續開槍。

槍聲一直沒有中斷。

看來對方是使用裝彈數相當多的機關槍，或者是彈鏈式的機槍。不論哪一種都很棘手。

對方應該是完全看不見蓮吧，但裝填Vorpal Bunny時清脆的金屬聲絕對被聽見了。

總而言之也就是蓮的失誤。明明可以稍微安靜一點來裝填子彈。

自己的失誤必須靠自己來彌補！

在心裡如此激勵自己，同時持續四秒像是快轉一般的高速匍匐前進後，蓮首次在霧氣裡看見道路以外的東西。

白色世界裡最初只有像黑色棒子般朦朧，最後可以清楚看見人影的一名敵人玩家。

穿著深綠色迷彩服，仍不清楚身分的男性。

不是隊友也不是ＳＨＩＮＣ成員，也就是──「可以無情擊殺的某個人」。

武器是5.56毫米的突擊步槍「Ｍ４Ａ１」。裝備著像把兩個木桶橫向並排般的１００連發彈鼓。所以才能如此長時間地連射。

現在仍持續著點放射擊的他，臉上浮現的表情無疑是恐懼。臉一看就知道在抽筋。

也難怪他會害怕啦。獨自一人待在濃霧裡，附近還傳出槍械的裝填聲。

蓮邊這麼想邊完全繞到敵人身後時就緩緩站起身子。

邊起身邊迅速環視了一下周圍，沒有忘記仔細確認能見範圍內有沒有其他玩家、是否有人靠近，以及是不是被彈道預測線照射著。

蓮滑身靠近，從斜下方伸出兩把Vorpal Bunny的槍口抵住男人頭盔下面的脖子。

男人在同一時間將100發子彈射完，世界突然變得安靜……

「咦？」

脖子突然感覺到的冰冷金屬感讓他吐露而出的一句話，在這個世界顯得特別大聲。

2發槍聲完全在同一時間響起。

蓮開始奔跑。

這些槍聲絕對會讓人聚集過來。正如M的指示，她毫不猶豫地全力衝刺。

雖然沒有確認對方是否出現「Dead」標籤，但腦部中了2發45口徑手槍子彈，應該不會還活著吧。大概啦。

雖然持續奔跑，但不知道該往哪邊才好。即使知道自己在一邊10公里的四方形戰場西南端，還是無法使用羅盤。

算了！順其自然吧！

在煩惱的時候死亡就沒有意義了。蓮決定沿著腳邊道路的中央線前進。這是一條平坦筆直的道路。

如果碰到戰場的境界線就到時候再說吧。到時候沿著境界線移動的話，就可以在地圖的邊緣前進。

像這樣開了一定程度的地圖之後，等到八分鐘之後的第二次掃描再來確認自己的位置與路線吧。

這是只有隊長才能辦到的行為，也是目前能想到的最佳作戰了。

但是真的很恐怖！

在如此濃的霧裡面跑步，就跟閉起眼睛來奔跑沒有兩樣。

或許跟剛才相比已經變淡一些了，但能看見的還是只有腳邊的道路，而且只有幾公尺。

道路上要是停著車，自己沒有自信能夠閃開。就算煞車也絕對會一頭撞上去。

但應該幾乎沒有因為衝撞而死亡的例子。只要不像在遊戲測試時為了自殺而刻意用頭猛烈撞擊堅固的牆壁。

雖然很害怕！但是不准怕！我在奔跑的時候最不容易中彈！是最安全的！

蓮沒有停下腳步。

戰鬥靴厚厚的鞋底踢向水泥，只發出細微的聲響。

下一個瞬間——

霧裡面前進方向的右側4公尺左右才剛覺得浮現黑色棒狀影子，隨即就變成人類的形狀並且無聲地通過。

從出現到消失真的只有一瞬間的擦身，不過蓮還是清楚地看見了。

那是一個穿著日本帝國陸軍，或稱舊陸軍將校服的男人。

那確實是把己方設定為被傳送到未來的往日士兵們這種重現歷史的角色扮演小隊，「New soldiers（NSS）」的一員。舉在腰間的武器是「百式衝鋒槍」這種歷史悠久的槍械。

濃霧中突然出現穿著古裝的人物並且消失，會讓人覺得有點像是幽靈而感到害怕。簡直就像黑澤明導演的電影。

不知道對方是否看到蓮了。

那個時候他看起來像是面向其他方向。要是看見的話就很可能被擊中——最後即使經過幾秒鐘，背後依然沒有人開槍。應該是託迷彩斗篷的福吧。

「得救了……」

蓮如此呢喃並且持續奔跑。

不知道是幸運還是不幸，寬敞的道路依然持續往前延伸。

路上——目前仍是連一台車都沒有。

這條路還有多長呢？說起來，到底是通往哪裡呢？

完全不清楚狀況的蓮沒有停下腳步。她邊跑邊瞄了一下手錶，時間是十三點十五分。

接著面向前方──

才剛覺得看見某種黑色物體就猛烈撞了上去。

「呀！」「呀！」

尖銳的悲鳴漂亮地重疊在一起。

發出悲鳴的蓮聽見悲鳴，隨即在保持奔跑速度的情況下在道路上打滾。

只能知道兩件事。

就是自己撞上某個人而失去平衡，然後正在失去速度滾動的途中。還有從聲音聽起來，對方應該是女性玩家。

由於蓮在GGO裡已經相當習慣滾動，因此跟平常一樣用雙手抱緊身體，縮起脖子與腳來等待滾動止歇。

滾了六圈半後，讓揹著背包的背部在道路滑行並且停下來的蓮……

「嗚！」

利用身體的彈力一瞬間站了起來。蓮的腦袋不會因為這麼一點滾動而頭昏腦脹。

然後撞上的對象已經在霧裡連身形都看不見——

怎麼辦？

蓮開始煩惱了。

由於是視線從手錶上移回來的途中，所以靠近後看見的就只有穿著綠色服裝的下半身。沒有清楚地看見撞上的究竟是什麼人。

從悲鳴聽起來絕對是女性玩家，但完全不知道那是某個隊友，還是ＳＨＩＮＣ的一員，又或者是兩者皆非。

由於聽起來是像女高音的清澈美聲，感覺不是熟悉的不可次郎，或者是聲音低沉的Pitohui與老大——但也無法保證是夏莉、克拉倫斯以及ＳＨＩＮＣ的其他成員。

怎麼辦才好？怎麼做才是正確答案？

如果是同伴就應該向對方搭話，敵人的話不是開槍就是逃走。是同伴的話就會向自己搭話，敵人的話就會開槍。

怎麼辦怎麼辦，該怎麼辦——

在蓮考慮著的僅僅零點幾秒當中……

「小蓮啊。」

對方從霧裡向她搭話了。

嗚！

再次成為必須瞬間做出判斷的事態了。蓮的腦袋被迫進行更快的運轉。

對方知道自己是誰。

關於這一點嘛，撞到的時候看見的話，靠著ＳＪ參賽者裡最小的身材，以及斗篷底下露出的粉紅色靴子與戰鬥服應該就能知道了吧。

順帶一提，ＳＪ裡以全身粉紅色參賽的就只有蓮一個人。只有一個人就夠了。

然後聽見的並不是相當熟悉的聲音。似乎不是隊友或者ＳＨＩＮＣ的成員。兩者皆非的可能性相當大。

但是——是曾經聽過幾次的聲音。而且是最近才聽過。

那麼是誰呢？然後我該如何是好？

該逃走該戰鬥還是該搭話，這是一個問題——蓮說出像哈姆雷特的話來。不過變成三個選項了。

現在的話應該能逃走。雙方都因為霧氣而看不見。

但在ＧＧＯ，而且是ＳＪ的話就應該幹掉對方。

現在應該立刻朝聲音的方向——雖然仍因為濃霧而看不清楚，還是該以Vorpal Bunny邊開火邊發動突擊。

不行，那樣會被擊中吧。對方拿步槍的話火力將落於下風。那開一槍趁對方嚇一跳的瞬間以●螂般行動往左或者右邊繞到後面去一槍解決。

但是蓮……

「什麼事？」

沒有做出這些選擇。

對方向自己搭話了，而且是曾經聽過的聲音。

只靠這些事實，她便決定先跟對方交談。但同時也沒忘記整個人趴到地上。

「我現在過去那邊，妳開槍我就會反擊喔。」

「只要妳不開槍！我就不會開槍喔！」

「說得也是。我也不想一開局就因為同歸於盡而退場。」

看來雙方有一樣的想法。

在目前這樣的霧裡，要確實判別對方是什麼人，大概要靠近到剩下數公尺的距離。而在這樣的距離下雙方同時盡全力互相射擊的話，有很高的機率會同歸於盡，手牽手一起離開ＳＪ。

即使如此，蓮還是雙手舉著Vorpal Bunny等待著對方。

依然趴著的她略微彎曲往前伸的兩手手肘，保持著把槍稍微往內側傾斜的八字形狀態。

但是手指沒有放到扳機上。因為彈道預測線的照射就等於表示「現在要開槍嘍」的意思。

最後蓮的視界當中從白霧裡出現了黑色人影，簡直就像把融解的影像倒轉一樣可以看清楚細部。

外表看起來像二十多歲的漂亮女性玩家。

雪白肌膚與紅色短髮，頭上戴著針織帽。眼睛上則帶著智慧型眼鏡這種時髦運動太陽眼鏡般，能夠在眼前顯示各種情報的方便道具。

下半身是虎紋迷彩的褲子，上半身則是簡單的黑色運動外套，以及同樣是虎紋迷彩的胸掛包。

掛在身體前方的是槍身改短著裝彈鼓的舊蘇聯製輕機槍──「RPD」。裝備在右腰上的槍套裡收納著美軍制式採用的「M17」9毫米口徑自動手槍。

「啊……」

蓮知道那是誰了。到了這個時候，她才完全理解原來是這個人的聲音。

女性的名字是碧碧。

ZEMAL的唯一一名女性成員，從SJ4開始參賽。

跟不可次郎是ALO時代的同伴──由於是不同種族的精靈，說起來應該是敵方玩家。

SJ4時，蓮等人被她指揮的ZEMAL逼入絕境，陷入差點就要全滅的危機當中。

但她也是接受了Pitohui的提案，為了讓蓮與Fire一決勝負而放了他們一馬的人。

前幾天的Five Ordeals裡，為了擊退機械巨龍而暫時一起戰鬥，攻略完任務後在酒場裡稍微聊了一下。是立刻把狗殺死而無法攻略任務，在酒場內等待我方的人。

在這個時間點出現在這個地方，就證明她並非ZEMAL的隊長，但這沒什麼好驚訝的。SJ4裡她也是這樣指揮著優秀的游擊隊。

「日安啊，小蓮。」

看見碧碧沒有把RPD的槍口朝向這邊，蓮也放下了Vorpal Bunny。

其實也可以開槍，或許應該開槍才對。

她是帶領ZEMAL這群一開始相當搞笑的傢伙拿到SJ4優勝的名軍師。

在這裡確實擊殺她是想在SJ5獲得優勝的必要行為，同時可能也是最大且唯一的機會。

但是……

「妳好……」

蓮沒有開槍。

她應該有向自己搭話的理由，蓮想知道這個理由，能夠活用的話就想加以活用。

來到2公尺前方左右的碧碧迅速蹲下，趴著的蓮也起身半蹲。因為跟趴著比起來，這樣比較容易馬上移動。

這個地方沒有發出槍聲，所以可能在周圍的敵人應該不會注意到才對，但蓮還是沒有放鬆警戒。

碧碧將蓮保持在自己左斜前方的位置後蹲了下來。不會正面與對方相對。接著做出以左手食指與中指比向自己雙眼的動作，然後再反過來比了一下。

原來如此。「互相監視背後」的意思嗎？

蓮理解之後，就以透過斗篷兜帽也能看見的大動作點了點頭，接著按照指示去做。除了左前方可以見到碧碧漂亮的臉龐外，同時也警戒著周圍。

碧碧操作倉庫欄，接著揮手把視窗送了過來。是在差點就無法直接授受道具的距離。只有蓮能看見的黑色視窗浮在空中，上面寫著……

「通訊道具連線？　Y／N」

等文字。

原來如此。這樣就能以細微的聲音溝通。毫不猶豫就按下「Y」的蓮，左耳清晰地聽見了碧碧細微的呢喃聲。

「好嚴苛的規則。作為贊助商的作家真是難搞。」

「就是說啊。」

「我是有目標的。就是讓自己的隊伍在『舒服地盡情射擊後』帶領他們贏得優勝。」

「原來如此～那很累人吧～」

蓮雖然以戲謔的口氣回答……

但她跟那群傢伙的話，或許真的能辦到。

心中其實感到惴惴不安。

果然應該在這裡幹掉碧碧嗎……？

不行，事到如今才謀殺太沒水準了吧？

但是，知道我這麼做的同伴應該會稱讚我「幹得好」才對……尤其是Pitohui。

不可次郎應該也認為遊戲的勝利比做人處事的道理還重要，所以應該會開槍吧。

不對，就算是這樣，我還是——

當蓮像青春期的青少年般迷糊地煩惱時……

「所以在十四點前要不要跟我聯手？」

耳朵裡就聽見了碧碧的邀約。

時間剛過十三點十七分。

「原來如此……這種狀況的話兩個人總比一個人好，一支小隊又比兩個人更好。眼線較多的一方將占壓倒性的優勢。不過——」

蓮確認著手錶，當然也注意著周圍，同時把內心的想法說出來。

她很了解碧碧的想法。為了在SJ5存活一個小時，這正是應該做的事情。

但蓮還是有非得先行確認的事情。

由於沒有時間了，所以沒有多餘的心思去玩什麼心理戰。只能開門見山地詢問了。

「我因為不明的理由被人懸賞了1億點數。到了十四點時不會被從後面開槍的保證是？」

「沒有。就像無法保證妳不會在十三點五十九分開槍射擊我一樣。」

跟顧左右而言他相比，直截了當的答案更容易讓人產生好感。

「了解了，還有另一個問題。我們跟盟友SHINC約好要一起戰鬥了。雖然因為這次的特殊規則而無法立刻實行，但她們說起來也算是隊友，我要朝她們所在的東北方前進。不過當然得先知道前進的方向啦。」

「好喔。就跟自己的隊友一樣，在十四點之前也把她們當成伙伴。不過——」

「不過？」

「在其他地點，雙方完全不知情的伙伴要是殺掉各自的隊友也不能有任何怨言。」

「……知道了。不能有任何怨言。」

確認到這個地方後，蓮就對碧碧提出相當單純的疑問。

「ZEMAL的隊長是在地圖右下——東南方的邊緣吧？不去跟他會合沒關係嗎？」

「沒問題。剛才已經對所有成員做出指示了，我要他們除了隊長之外都別動。這一個小時好好地躲起來。只對隊長說『祝你好運！』。」

「原來如此。」

跟不可次郎一樣嗎？火力強大的隊伍在霧裡絕對不能逞強。躲起來是最佳選擇。

只不過，會因為掃描而暴露位置的隊長就只能祈求他能夠幸運了。

「所以能暫時陪妳一起搜尋伙伴喔。同時能夠多刪除一些獨自一人的玩家就更好了。」

蓮聽著碧碧的聲音同時看著手錶。十三點十九分。距離掃描還有六十秒。

沒有時間煩惱了。

「所有條件都了解了。那就這麼決定，暫時拜託妳嘍。」

蓮一這麼回答，碧碧漂亮的臉龐就露出成熟的微笑。

「請多指教，小蓮。」

「還有一件事情，我一直想問妳。」

「什麼事？」

「妳跟我的好友不可次郎在精靈的世界是什麼樣的關係？」

時間來到十三點十九分五十秒。

蓮聽見了碧碧的回答。

「真要說的話，可能得花上一整晚。」

「我們看掃描吧。」

「就這麼辦。」

SECT.4

第四章　只有兩人的戰爭

十三點二十分，ＳＪ５第二次的掃描從南邊開始了。

蓮維持蹲姿，把左手的Vorpal Bunny放回槍套裡，然後瞪著接收器的畫面。

知道自己的所在位置了。比剛才往北前進了1公里左右。

原本認為已經跑了很遠，結果其實……應該說幾乎沒有前進。被許多事情耽擱了不少時間。

然後稍微可以得知地圖的模樣了。

自己跑過的距離，在地圖上畫出道路的部分。

根據地圖來看果然是高速公路。單側六線道的寬敞道路南北向筆直地往前延伸。

道路在一片白色當中仍只是一小部分而已。但總比什麼都看不見好多了。

正向思考的話，這也有「在白色畫布上，以自己的腳描繪地圖！」一般的樂趣。當然，那也得在畫完前都不能死亡才行。

「咦？」

仔細一看之下，自己仍未去過的光點上方，比現在更加北方的高速公路也畫在地圖上了耶？

理解蓮為何發出驚訝聲音的是待在附近的碧碧。她一邊以左手拿著自己的衛星掃描接收器……

「我的也畫了小蓮北上的軌跡喔。我是一路南下。只要是在能夠授受道具的距離，不論是敵人還是伙伴，地圖檔案好像都會自動整合。」

「原來如此。」

就算不是同一小隊的成員也無所謂嗎？或許就連屍體也可以。

光是知道這一點就算有收穫了。那麼要射擊碧碧了嗎？不行，再等一下吧。

雖然看著往北方前進的掃描結果，但是沒有什麼變化。

尚未有消失的小隊。不過這也很正常啦。就算隊長因為偶然的戰鬥而死，也只會把符號交給下一個人而已。在如此短的時間裡，六個人分別在不同的地點戰死的話也實在太倒楣了。

接著畫面顯示出蓮最想知道的情報。

令人高興的是，身為ＳＨＩＮＣ隊長的老大稍微往西南方移動了。也就是朝蓮的方向前進。

「很好……」

這樣的話，接下來應該採取的行動——

「一邊警戒敵人一邊往東北移動，我們離開高速公路吧。」

看來不需要跟碧碧做任何說明。這麼輕鬆真是太好了。

「小蓮妳能負責打頭陣嗎？我在後面30公尺左右一邊看擴大地圖一邊跟上去。角度出現偏差的話我就告訴妳。」

原來如此，這樣的話就算在霧裡沒有羅盤，也能朝東北前進了。因為已經顯示在地圖上的高速公路變成了南北向的指針。以這條線做基準朝右邊45度角畫地圖的話也就是正確答案了。

但是……

「碧碧看丟我的風險呢？」

雖然能看見的距離緩緩增加，同時聲音也連線了，但30公尺不會太遠了嗎？

「放心。可以用這個。」

碧碧從倉庫欄裡拿出來的是直徑2公分，厚1公分左右的圓盤狀道具。顏色是黑色。上面還附加了一個高1公分左右的圓頂型塑膠零件。

雖是首次見到的道具，不過蓮知道這個東西。這叫做標誌燈。以點燈或者閃爍來顯示自己的位置、經過的道路、結束攻略的房間等等時會使用。

然後大部分都會為了顯眼而使用頻閃——閃爍強烈的光線。能夠自由地設定發光間隔與發光時間、次數與光線的強度。簡言之就是燈塔。

「是要我邊閃閃發亮邊前進？」

發出強烈光芒的話，的確在濃霧裡也可以從很遠的地方看見吧。就像剛才被打倒的某個人的砲口火焰那樣。

但那樣的話，周圍可能存在，不對，是絕對存在的敵人也一定會看見。只會落得單方面遭到攻擊的下場。

「答對一半。這設定成ＩＲ——也就是紅外線了。裸眼的話看不見。」

碧碧像是敬禮般低下頭來。

結果剛才看不見的針織帽頭頂部位，竟然也裝了同樣的道具。

由於只是附著在上面，看起來就像針織帽的裝飾品一樣。當然看起來完全沒有發光。

「透過我以及隊員所戴的智慧型眼鏡就能看得見。雖然很難像平常那樣，不過在這樣的霧裡也大概可以到１００公尺吧。我剛才把帽子放著確認過了。」

「原來如此……」

規則上，在這樣的霧裡面不論是什麼樣的提升視界道具或者特殊技能，應該都看不見景色與角色。

但「光線」的話，就是可視光與紅外線都能見到的狀態——或者應該說「設定」。嗯，可視光的標誌燈能看見紅外線的不行的話，帶著紅外線的人會抱怨不公平吧。

「放到頭上就會黏住了。」

對方輕輕丟過來後，蓮就用左手接住。直接放到帶著雪中迷彩斗篷兜帽的頭頂部後，簡直就像頭上有磁鐵一樣穩定。太方便了。

「那就跟妳借一下……但就算有ZEMAL的成員我也看不到。」

喂喂，便利眼睛沒有備用的嗎？

不可次郎的話應該會直接這麼說吧，但蓮還是有些矜持，所以用間接的說法詢問。希望對方能聽出來。

「可惜我沒有預備的智慧型眼鏡。因此由我代替在後面做出指示。」

看來她聽懂了。

只不過蓮無法得知是真的沒有預備機還是碧碧在說謊。

「也就是妳說『別射擊過來的傢伙』就是ZEMAL。除此之外就是我自己發現並且自行判斷與對應是吧。因為也可能是我的同伴……」

「是啊。拜託妳了。」

這樣我比較累吧。

雖然答應合作了，但是條件一點都不公平……作為前導者的我必須得做苦力……

蓮雖然注意到這一點，但事到如今也沒辦法反悔，同時也判斷跟獨自上路比起來生存率應該會上升一些。

「知道了。走吧。」

由於不能繼續浪費時間，所以也只能這麼說了。

碧碧，好恐怖的女孩子……

蓮心裡這麼想，但沒有說出口。

相對地，又回想起大約一個月前跟美優的對話。

＊　＊　＊

八月二十九日，星期六。

「美優啊——那個叫碧碧的是什麼樣的人？」

三天前舉行過ＳＪ４，加上今天「被西山田炎狠甩紀念，安慰小比類卷香蓮ＫＴＶ祭典（特別贊助兼嘉賓：神崎艾莎）」結束——

只是為了偷窺香蓮人生的首次約會，完全不考慮住宿就從北海道飛過來的美優，最後住在香蓮家裡的當天晚上。

剛洗好澡後的美優，以全裸身體上只套了香蓮T恤的性感模樣盤坐在客廳的地毯上，同時連續吃了三個杯裝冰淇淋，這時香蓮對她提出剛才的問題。

前幾天的SJ4裡，完美引導ZEMAL獲得優勝的極優秀女性玩家。

從那個時候的對話可以知道她過去曾是ALO的——「火精靈族」其中一人，其領地與身為風精靈族的不可次郎鄰接，兩人之間發生過衝突，然後不可次郎多次單方面遭到痛宰。

美優把三個冰淇淋的空杯等間隔排在桌子上。

最後舔了一口像木頭鏟子的湯匙並將其丟進空杯，接著才終於回答香蓮的問題。

她以看向遠方的眼睛……

「那傢伙嗎……嗯，我認識她。」

美優開始娓娓道來。

「我當然知道妳認識啊。」

「說來話長。沒錯，那是很久以前的事了……」

「太誇張了。」

「妳知道嗎？王牌分為三種……」

「妳在說什麼啊？」

美優用手指依序指著三個冰淇淋空杯……

「為了追求力量……為了追求尊嚴……以及能夠辨明戰況……就是這三種。」

「哦……」

「那個傢伙——」

「那個傢伙？」

「三種皆是。」

「哦……」

香蓮認真聽著露出硬派表情的美優所說的話。

雖然從「那傢伙嗎……」到「那個傢伙——」完全是剽竊某知名空戰遊戲敵方角色的有名台詞，但香蓮根本不知道所以無法有所反應。這也不能怪她。

哏被無視的美優也無視對方的反應……

「嗯，老實說是很厲害的玩家。技術一流。至於她厲害的地方嘛——」

她似乎終於要認真談論了。胡扯的時間實在太長。

「就是知人善任。」

「啊，原來如此……所以這次也順利『操縱』——這麼說好像不太好，是『指揮』全日本機關槍愛好者發揮他們的特性。」

「沒錯。嗯，那傢伙本來獨行的時候就很強了。不只擁有突出的能力值，還相當習慣完全潛行，動作沒有一絲滯礙。飛行也無可挑剔。這只是傳聞，不過她好像靠著轉移玩了許多的VR遊戲。是長時間待在那個世界的人。在其他的遊戲裡也以『碧碧』這個名字闖出一片天。順帶一提，由來是個謎。不論任何人再怎麼問她好像都不說。」

「唔嗯唔嗯。」

「然後還是火精靈時的碧碧——外表完全不同，是個粗壯的女鬥士，不過在火精靈的小隊裡是以名參謀的身分聞名。甚至有『由她指揮就不會落敗』的名聲。不只是伙伴的武器、戰鬥方式，甚至連性格她都一清二楚，能做出『這時候該怎麼做』的確切指示。」

「原來如此。」

「而且知識量也很多——某一天，風精靈的小隊與火精靈的小隊發生了空戰。如妳所知ALO可以飛行。這樣的空中戰比地面戰更難配合，一般都是無法提供什麼援護只能一對一拚命戰鬥，但那一天風精靈小隊卻遭到痛宰。沒有打倒任何人就全在空中變成了火焰。」

「『火焰』？」

「噢，在ALO死亡的話，有一分鐘的時間會保留意識變成『殘存之火』停留在現場。所以死亡之後也能知道戰況。我們那票人都用『變成火焰』這個俗語來表示死亡。全ALO是不是通用就不清楚了。」

「這樣啊。」

「嗯，為了將來到ALO的時候，妳還是先記起來吧。」

「記住了。我不會去就是了。」

「嗯，搞了老半天後吃下大敗的風精靈小隊，在開反省會討論落敗的理由時，某個人就這麼說了。『那種戰鬥方式，很像第二次世界大戰時德軍的空中戰』。至於內容嘛，就是一個人形影不離地跟在另一個人後面，一定會幫忙防禦來自後方的攻擊。然後發展成由兩組，也就是四個人實行這個戰術。這樣就幾乎沒有死角，不可能從背後發動奇襲。名字好像叫什麼……『施巴巴巴』還是『施嚕嚕嚕』的。很像德文對吧？」

先不管像不像的問題……

「原來如此。」

蓮覺得很佩服。

「那個軍事迷表示，ALO角色的飛行方式其實不像最近的噴射戰鬥機，比較像二戰的螺旋槳飛機。接著又表示那個女人應該也玩了不少那樣的空戰遊戲吧——最後做出了勇敢的結論。就是『別跟有碧碧在的編隊對抗。在地上戰鬥吧』。」

「勇敢？」

「全力躲避必輸的戰鬥也是很了不起的戰術喲。總之就是要注意那個女人就對了。」

「原來如此。就是說把隊伍鍛鍊到這種地步並且加以指揮的碧碧很厲害對吧。我了解了。我會小心。」

香蓮同意這個看法，把杯子裡的麥茶喝光。

這時候不可次郎以嚴肅眼神凝視著這樣的香蓮。

「對了，香蓮。」

「什麼事？」

「我要去廁所了！別找我！有一陣子不會回來！」

「吃太多冰淇淋了啦！」

＊　＊　＊

ＳＪ５開始二十一分鐘後。

蓮在霧裡面前進著。

一個小時應該就會完全消散的霧，從剛才開始就感覺不到變淡的樣子。放晴的速度比預想的要慢上許多。

照這樣的速度，不覺得十四點整時能完全放晴。

因此不是途中速度加快，就是到了十四點時霧一口氣散去。由於是那個性格惡劣的贊助商狗屁作家，所以大概是後者吧。

蓮斜向走出高速公路不久就碰到了泥濘的中央分隔帶。

高速公路的單邊就有八線道。中央分隔帶應該也很寬敞吧。雖然仍因為霧氣而看不見，但現在走的中央分隔帶結束後，應該就是對向的八線道了吧。

也就是說，能預測到光是高速公路就超過200公尺以上的寬度。簡直就像一條大河。

由於是以美國的高速公路作為模型，所以不像日本是高架型式，而是在地面延伸。

蓮一邊與看不見敵人的恐懼戰鬥，一邊雙手握著Vorpal Bunny前進。

雖然回過頭也完全看不見，但碧碧應該從身後30公尺的地方跟著自己。這時蓮對著這名隊友……

「中央分隔帶結束了，接下來要進入對向車道。」

以通訊道具報告目前的狀況。

「我在後面。很棒的角度，直接開始越過道路吧。」

碧碧看著開拓出來的地圖，表示我方確實地朝著東北前進。

「了解。」

蓮窺探著周圍，壓低身子繼續前進。

蓮的腳再次踏上水泥地面。速度大概是快走程度，監視的是前進方向與其左右兩邊。看見黑影就是某個玩家，必須分辨是敵人或者伙伴並且加以應對。

這是必須持續緊繃神經的極艱苦狀況，但也沒辦法抱怨。

蓮橫越八線道中的第三條車道，幾乎來到中央的時候。

那個突然出現了。

從自己的右斜後方，也就是視界之外的地點傳過來低沉的引擎聲。

然後聲音急遽變大。

「咦？」

當蓮轉往那個方向時，霧裡出現黑色的猛獸。

寬2公尺，高1．7公尺左右的黑色塊狀物。以猛烈速度朝著自己迫近，零點幾秒後就知道那是一輛汽車。

「咿！」

蓮雖然不知道車種，不過是車頂較低的旅行車。

車子在霧裡倏然成形，同時朝蓮衝了過來。

因為玻璃窗戶的反射而看不見長相的司機，應該不是為了殺掉蓮而這麼開車的吧。

應該是在這條高速公路上獲得了汽車這個道具，所以只想盡可能快速多移動一些距離。

但這是在濃霧裡開車。所以應該打著如果有人就毫不顧忌地撞上去的主意。

只不過，對方說不定還沒看見罩著白色迷彩斗篷的蓮。

在集中精神後緩緩流動的世界裡，蓮清楚地看見了。車子已經逼近到剩下數公尺的距離。

雖然雙手握著Vorpal Bunny，但就算開火也幸運地貫穿玻璃擊中駕駛，車子也不會停下來。根本不可能就此停止移動。

然後時機上也來不及往左或往右躲開了。

雖然是輪胎龐大，車身算高的旅行車，也不可能像ＳＪ２遇見悍馬車時那樣趴到地上來躲過了吧。何況身上還揹著背包。

啊，這下死了。

蓮做出自己像被大聯盟選手打出全壘打的球一樣輕鬆被轟飛的覺悟。

在有所覺悟之下——

但我不會死！還不到死亡的時候！

盡可能做出最後的抵抗。側面與下方都不行的話，最後能逃走的就只剩上面了。

「噠啊！」

隨著喊叫聲共同炸裂的，是蓮使出全身爆發力的雙腳大跳躍。

蓮的視界當中，車子一邊逼近一邊下沉。其實是自己跳了起來，車子從底下鑽過去了。

不要撞到腳！

蓮如此祈禱著，同時死命把腳縮起來。

然後——

黑色野獸高速通過腳底下。蓮感覺到將自己繼續往上抬的風，斗篷的背面輕輕飄起。

蓮開始從跳躍的頂點落下，同時高速扭身把臉朝向左邊，這時黑色塊狀物正要消失在濃霧當中。

著地的瞬間已經看不見車子了。引擎的聲音急速遠去。

好險啊……

蓮雖然鬆了一口氣，不過似乎有點太早了。

完全不給人鬆口氣的時間，馬上就能聽見的激烈聲音是緊急煞車後輪胎所發出的刺耳摩擦聲。也就是「嘰──！」這種悲鳴般的聲音。

這樣就能知道，看來防止輪胎鎖死的防鎖死煞車系統，所謂的ABS已經壞掉了。因為車子已經老舊，這也是沒辦法的事。

明明是最終戰爭後的未來廢墟世界，為什麼放在路邊的車子引擎還能發動輪胎還有空氣還能繼續行駛呢，像這樣的吐嘈，GGO所有玩家都有加以無視的技能了。

「怎麼回事？」

落地的蓮聽見了碧碧沉穩的聲音，隨即老實地大聲回答：

「差點被車子撞到！雖然跳起來躲開了，不過對方好像停住了！」

蓮無法理解對方為什麼要停車就是了……

「啊，粉紅色的腳被看到了嗎——被懸賞的小姐。」

現在理解了。完全理解是怎麼回事了。

「嗚咕！可惡！」

因為那可是一大筆錢嘛。

駕駛靠著瞄到的粉紅色雙腳發現是蓮的話，那當然會停車吧。

跟同伴會合？那之後再說啦，現在重要的是那一大筆錢。有那筆錢的話就能夠玩半年了

——不清楚他是否這麼想就是了。

「馬上就會回頭了。應該是想撞死妳。」

「嗚！」

「妳有手榴彈嗎？」

「沒有！」

ＳＪ１時帶著兩顆電漿手榴彈的蓮，ＳＪ２之後評估過有效性與誘爆的危險性，就有時候帶有時候不帶了。

這次因為Vorpal Bunny占了重量，所以就沒有帶來參賽。

帶來的話，把它丟到自己前方或許能夠解決目前的困境，但現在一切都太遲了。

「雙手拿著手槍一邊開火一邊全力往後逃向南方。」

「為什麼要那麼做？」

「照做就對了。」

雖然再次有被碧碧使喚的感覺，不過蓮還是決定遵照指示。如果是不可次郎都認可的優秀人才，那應該有什麼計策才對。大概、應該啦。沒有的話就饒不了她。

「知道了！」

豁出去了。

蓮再次確認雙手Vorpal Bunny的保險，並且確實握住握柄。

前陣子的Five Ordeals時發生握太緊而不小心上了保險的失誤，雖然結果因此而得救，但那樣的幸運應該不會每次都降臨。

從車子離開的北側聽見了野獸的低吼聲。引擎音逐漸變得激烈。已經等不及要往這邊衝刺了。

蓮從倒退的步伐進入奔跑狀態。

面朝前方全力往後奔跑了起來。當然會比一般的奔馳還要慢，但蓮原本的速度就相當快，所以後退奔跑也有一定的速度。形成一種影像倒轉般逗趣的構圖。

但是——

不論我跑得再怎麼快，都不可能贏過車子吧……

絕對贏不了霧的前方微微現出身影的野獸。

雖然不清楚碧碧到底打什麼主意，不過蓮的Vorpal Bunny開始噴火了。以先右手再左手的順序一邊全力退後一邊亂射。

雖然蓮不擅長手槍射擊，不過因為對手相當龐大，所以大概射中了。可以看到爆開的火花。

但那不是這樣就能收拾掉的野獸。

駕駛藉由彈道預測線得知遭到射擊。應該盡可能將身體往前傾來閃躲了吧。

就算被幾發Vorpal Bunny的45口徑手槍子彈擊中，引擎應該也不會馬上停下來。即使幸運擊中輪胎，一兩顆輪子爆胎車子還是會因為速度而繼續前進。

車子的容貌終於清楚地出現在蓮的眼前。只見它突然從霧裡面冒出。

擋風玻璃雖然有裂痕，但是能清楚看見駕駛的手。不過沒能分辨出身分。

而且還能看見從後部座位的左右窗戶伸出突擊步槍的槍口。

剛才無法得知，想不到那輛車上竟然坐了三個人。接著槍口開始噴火了。

目標不是車子前進的方向，而是從左右稍微加上角度後的全自動射擊。蓮要是逃往左右兩邊，就會被這兩條火線逮住。

啊，這下完了，要再往上逃嗎……但剛才已經很驚險了。在一邊後退的情況下，真的能順利成功嗎……？

當蓮有些示弱時——

那輛車就籠罩在火線與火花當中。

車輛的右側，也就是蓮的左側被火線逮住，隨即爆出火花。玻璃也跟著破碎。

從左側放射出來的彈道預測線與曳光彈形成的光雨，炫目地籠罩住車輛。火花像要覆蓋車子的右側一樣閃閃發亮。

持續了一秒、兩秒、三秒，接著車子就晃動了一下，同時來自後部座位席的槍擊也停止了。

車子朝急速往後退的蓮右側轉彎，打滑的後輪發出摩擦聲。

最後被霧包裹住消失在視界裡面——

傳出有別於槍聲的巨大聲響。

「咚喀啦磅嘰咕哦嘎鏘！」這種複雜地糾纏在一起的爆破聲。

這只是預測，不過大概是翻車了。發生交通事故了。

蓮一停下腳步……

「小蓮，妳沒事吧？」

就傳來碧碧的聲音。

「我沒事——剛才那是碧碧嗎？」

「沒錯。當誘餌辛苦妳了。託妳的福才能輕易看見彈道預測線與火花，很輕鬆就能瞄準車子。」

「原來如此……」

在霧裡跑過來的碧碧幫忙對著車子連射。是她救了自己。

碧碧的愛槍是名為ＲＰＤ的輕機關槍。

雖然有個「輕」字，不過這裡的輕指的是重量，而且是「以機關槍來說」。其實加上子彈也有8公斤以上。是超過一般常見突擊步槍一倍以上的重量。

發射的是舊蘇聯製7.62×39毫米彈這種ＡＫ４７系列也拿來使用的步槍子彈。普通車子的門會像紙一樣被輕易射穿。

右側面被它的秒間10發連射轟中的話根本不堪一擊。ＲＰＤ的彈鼓裡裝著由彈鍊連結起來的１００發子彈。

總共射擊了三秒左右，所以駕駛與後座的兩個人，身體應該都中了不少發子彈。

「我想應該活不成了，妳能確認嗎？」

雖然又是危險的工作，但還是得報答救命恩人。

「了解。」

蓮依然把Vorpal Bunny架在眼前，在霧裡面緩緩朝著傳出巨大聲響的方向前進。

立刻就能看見在路面與路肩之間左右有一輛整個翻過來的車子。輪胎完全朝向空中。

蓮不清楚車種。只知道這是一輛車子。

如果M在這裡的話，應該就會知道這是速霸陸名為「Outback Wilderness」的越野旅行車。

那輛Outback的車窗全部破裂，右側全是被子彈貫穿的孔洞，車頂也整個被壓扁，可以說是慘不忍睹。仔細一看之下，有一個輪胎整個被轟飛了。設計者看見會很想哭吧。

然後蓮立刻就知道三名搭乘者的生死了。

不用蹲下來確認車內也一目了然。因為車外出現即使在霧裡也清楚發亮的「Dead」標籤。

車子整個側翻後玩家的身體被拋出躺到了路上。沒有繫安全帶的話，不論虛擬世界還是真實世界都會出現這種情況。

「確認了。全員死亡——」

蓮確認他們的身形……

「都不是伙伴。」

然後放下心來。

當然發動第二次的撞擊時就能知道不是隊友也不是SHINC，然後從碧碧無情的射擊就能知道不是ZEMAL，但為了慎重起見還是仔細地再次確認。

身體上到處都是紅色中彈特效光的三個人都是男性，其中一人穿著茶褐色迷彩服。是SJ2時在巨蛋裡聯手的小隊其中一員。

另一個穿著美軍虎紋迷彩，身上配備了重現越戰時期的裝備。看來是NSS的一員。

最後是科幻風緊身衣上穿戴了護具，從未在影像上見過的玩家。

由於一眼就能看出並非同一小隊，所以是吳越同舟——跟蓮一樣是在霧裡相遇並且聯手的幾個人。不過現在這樣就像好朋友一樣一起從SJ5退場了。

確認完戰果的蓮正準備離開時……

「有沒有人身上掛著手榴彈？」

碧碧這樣的聲音傳進耳裡。

蓮凝視著屍體。

虎紋迷彩男腰間的彈匣包左右兩邊，掛著幾顆越戰時期美軍使用的「M26A1」手榴彈。真不愧是角色扮演小隊。連武器都確實配合時代。

「有耶。」

「可以把它們盡可能塞到屍體底下，然後把安全栓拔起來嗎？」

「……原來如此。」

蓮迅速開始完成碧碧的指示。因為她了解碧碧的作戰了。

十分鐘左右之後，這些屍體將從戰場上消失。

那個時候，蓮觸碰到的手榴彈將變成「繳獲品」，到時候不會消失而會殘留在戰場上。

如此一來，安全栓拔出的手榴彈被屍體壓住的手柄鬆開，大概三到四秒後就會爆炸。

雖說應該不會那麼巧剛好讓哪個人受到傷害，但在霧裡面突然連續傳出爆炸聲的話，足以讓附近的人嚇一大跳了吧。

好惡毒的計策……

蓮感到佩服又傻眼，同時俐落地完成作業。她很擅長設置手榴彈陷阱。以前經常這麼做，主要是用來驚嚇ＰＫ的對手。那個時候的我好像有點那個。不對，是很那個。

瞬間完成作業後，蓮就急忙離開那個地方。

激烈的戰鬥聲絕對被別人聽見了。如此一來，敵人不是被吸引過來，就是不想在霧裡死亡而立刻逃走了吧。

希望是後者。

蓮這麼祈禱著，同時重新握好Vorpal Bunny往前走去。

幾秒鐘後，豎起耳朵瞪大眼睛注意著是否有人襲擊過來……

「目前看來是沒有下一波攻擊了。」

碧碧先做出了結論，僅在一瞬間呼一聲鬆了一口氣。

即使如此，蓮還是沒有放鬆警戒，一邊橫越高速公路……

「可以問個問題嗎？」

一邊對碧碧這麼問道。這是因為無論如何都想先問個清楚。

「什麼問題？」

「為什麼準備得如此周到？一般根本不會準備ＩＲ標誌燈。」

蓮感到百思不解。

以舉行時間來看不可能出現夜間戰鬥的ＳＪ，為什麼會需要紅外線標誌燈呢？

雖說確實可能出現洞窟等封閉空間，但一片漆黑的話沒有夜間裝備的玩家就完全無法進行遊戲，所以設定成「雖然黑但不至於全然看不見」是戰場的常規。

不需要的裝備不會帶到ＳＪ裡可以說是鐵則。因為就算只是減少1公克的重量，就可以讓倉庫欄放進其他道具。

「咦？」

由於碧碧真的感到驚訝，蓮也跟著嚇了一跳。

「『咦』？」

「不久之前在Five Ordeals裡，你們不是才告訴過我嗎？那個贊助商作家會在遊戲裡重現自己小說的狀況。」

的確有這麼一回事。

「那……那麼大量的內容，妳全部看完了？」

「嗯。結果裡面有一篇短篇的內容是──離家出走的主角被困在濃霧中無法動彈，就持續對自己的腳踏車說話，不久後腳踏車也開始回答，最後發現全部是主角的妄想──標題是『奇利之旅』。」

根本沒看過所以不知道有這件事……還有，標題好像比較正常一些。

蓮心裡這麼想。

「所以就預測可能會在濃霧裡戰鬥，才會有所準備。」

「原來如此……我完全搞懂了……」

雖然是感到後悔也沒有用的事情，不過要是先看過ＳＪ獲得優勝後寄過來的那一大堆簽名書，就能占許多優勢了呢。現在後悔也來不及了就是。

除此之外──

蓮再次有了這樣的想法。

碧碧，妳到底是何方神聖？

從東北方離開高速公路後來到了住宅區。

在地面沒有鋪設只有土壤的空間前進了30公尺左右，接著就是一整片平坦的住宅區。沒有表示境界的柵欄。

目前仍因為濃霧而不清楚究竟延續到什麼地方。

等間隔並排的是在美國常見的，將寬敞庭院設置在道路這邊且附有車庫的宅邸。

以日本人的感覺來看或許可以稱為宅邸，不過在美國可能只是普通的大小。

但對日本來說，具備可以容納好幾台大車的車庫、寬敞的庭院、家庭用泳池的房子一點都不普通。

由於土地遼闊，所以不需要蓋兩層樓。幾乎都是平房。

房子與道路之間過去應該存在草皮的大地，現在變成了乾土。上面沒有任何的草。

大房子有著破破爛爛的外觀，木製屋頂與牆壁都腐朽了。玻璃窗與門則是有的存在有的已破裂。有些垮了一半，有些已完全損毀。

當然因為這裡是GGO，出現新蓋好的房子反而奇怪。出現的話一定是陷阱。還是別靠近比較好。

由於出現房子這種構造物，所以比剛才更容易判別霧的濃度。能清楚看見細部的範圍大約是20公尺。

更遠一些就一口氣變得模糊。大概是30∫40公尺左右的距離吧，可以藉由浮現的巨大黑影判斷那裡是否有房子。

蓮半蹲著，在剛好往東北延伸且易於行走的道路中央前進。

由於道路相當寬闊，距離房子有一段距離，如果有人躲在建築物內監視，蓮認為對方也不可能清楚地看見自己。

每走一步就豎起耳朵傾聽，不過沒有任何聲響。

無聲從霧裡浮現接著往後流動並且消失的房屋影子，在混合上廢墟感後變得很恐怖。就像是恐怖電影一樣。

好可怕。啊啊，好可怕。真的好可怕。

如果碧碧沒有在聽的話，為了舒緩恐懼的心情，應該早就呢喃一個甚至是十個抱怨了。

蓮一瞬間煩惱是否應該把Vorpal Bunny換回Ｐ９０，不過還是暫時沒有這麼做。

因為火力上雖然是Ｐ９０占上風，但背上背包內的防彈板或許可以擋住從看不見的地方飛至的子彈來拯救自己性命。

雖然感覺很漫長，不過時間僅僅過了一分鐘左右。

幸好沒有遭到射擊，靜靜在道路上前進的蓮，來到住宅區內某個丁字交叉路口。

道路呈90度分為左右兩邊，其左側的角落停著一台腐鏽的運貨卡車。

眼前出現一棟特別巨大的房子，其形成的巨大黑影就像不給人通過般靜靜佇立在那裡。

蓮對著碧碧問道：

「道路整齊地分為左右兩邊。要往哪邊走？還是筆直前進從眼前巨大房子的旁邊經過？」

雖然方位會偏離，但從道路前進應該較利於以紅外線標誌燈與智慧型眼鏡來掌握位置才對。當然移動起來也比較輕鬆。

筆直前進雖然是靠近ＳＨＩＮＣ的捷徑，但進入屋內就不用說了，光是通過房屋旁邊，碧碧就有可能錯失蓮的身影。

蓮等待對方的回答。

這時候還是乖乖遵從名參謀碧碧的指示吧。嗯，這樣比較好。那還用說嗎？

等待了幾秒鐘，但是沒有得到回答。

還是沒有回答。

「碧碧？」

冷顫……

冷顫冷顫……

虛擬的寒氣閃過蓮的背肌。

難道……我……被丟下了？

雖然出現這種想法，但仔細一想就知道這麼做對碧碧沒有好處。

怎麼說標誌燈都還寄放在蓮這裡。不回收的話，ＺＥＭＡＬ的同伴會產生混亂。

如此一來，能想到的可能性只有一個。

就是「她現在處於無法說話的狀況。」

而除了敵人就在極近處之外就想不到其他的理由了。

冷顫冷顫。

蓮立刻離開那個地方。再次做出不能說出名字的蟲子般動作，躲到道路左側那台生鏽的卡車後面。

就算碧碧不能說話，耳朵應該還能聽見通訊道具的聲音才對。

即使如此，蓮還是盡可能以最小的聲音……

「現在躲起來了。」

把狀況傳達給她知道。

接著耳裡就聽見……

「受不了！哪玩得下去啊！」

某個人巨大的聲音。

咿！

蓮差點就要發出悲鳴。

聲音屬於男人，而且相當近。從自己剛才走過的道路附近直接傳來聲音。霧的後面，而且不是很遠的距離絕對有人存在。然後碧碧因此而無法說話。那道聲音的主人應該是從後面超越躲藏起來的碧碧身邊來到這裡。

蓮在卡車後面把身體縮得更小，同時看向自己剛才待的地方。接著就看見從霧裡浮現的人影。

距離大概是20多公尺。一名快步行走的男人靠近，人影很快就變成人形。

那是——T—S的護具男。

看見細部後，蓮在心裡嚇了一大跳。

目前在18公尺的前方……

「這是什麼胡搞的規則！狗屁作家！誰玩得下去啊！」

邊以相當大的聲音咒罵邊行走的是全身覆蓋在護具之下的科幻士兵。不知道為什麼，手上沒有拿槍械，也沒有揹在背上。

他們的小隊名稱是T—S。是擁有相當特異戰鬥經歷的一群人。

首次參加的ＳＪ２，當蓮與不可次郎結束與魔王Pitohui的死鬥而疲憊不堪時，他們就從遠方擊殺蓮她們，藉由漁翁之利獲得優勝。

ＳＪ３除了被選入背叛者小隊的艾爾賓之外，都因為海面上升而被困在躲藏的大樓屋頂無法動彈，還以為豪華客船是來拯救他們，結果卻遭到撞擊連同大樓一起被淹死。而凶手正是Pitohui。

ＳＪ４時因為強大的防禦力而存活了不少人，雖然時間不長，但也跟蓮他們攜手合作了。還有之前的遊戲測試時也是一樣。

雖然是真正看不見表情的一群人，但是在蓮的記憶裡面，應該是熟悉ＳＪ而且有一定戰力的小隊。

「笨蛋！狗屁！蠢貨！給我出來啊贊助商！臭傢伙！」

嘴裡罵著髒話，同時對周圍宣傳著「我在這裡喲」，那種沒帶槍且簡直像是完全放棄參賽般前進的模樣，怎麼看都給人一種不對勁的感覺。

但對方完全沒有注意到自己，現在馬上就要通過眼前大約10公尺處，這同時也是幹掉他最大的機會。

Ｔ—Ｓ的全身護具雖然具備強大的防禦力，但之前Pitohui也說過，既然是鎧甲就一定有為了讓身體活動的柔軟部分。

大概就是腋下、膝蓋內側與手肘內側以及脖子與喉嚨附近等部位。

把Vorpal Bunny的槍口壓在該處並且同時開槍的話，應該能讓對方受到嚴重的傷害。

通過眼前之後從後方偷偷地靠近，對兩邊膝蓋後面各開一槍，跌倒之後把槍口貼到脖子上再開一槍。必要的話就多開幾槍。

應該沒問題。可以辦得到。能成功殺掉他。

蓮擅長暗殺手法的PK。GGO初期她只幹這種事，是個很危險的傢伙。

能殺掉的話，可以幹掉的時候，就先殺再說。

危險的俳句在蓮心中炸裂開來。然後她沒用到季語。

「T—S的其中一個人邊發出巨大聲響邊走過來……」

殺氣整個高漲的蓮，以超小聲音向碧碧報告……

「那是陷阱。」

立刻就得到回應。

「不要發出聲音，一直待著別動。讓所有人經過。」

碧碧的話……

所有人？

讓蓮一瞬間在心裡感到懷疑。不過只有一瞬間而已。

卡車後面的蓮把粉紅色的腳藏到斗篷底下，接著鑽到車底躲了起來。

目前是完美地隱藏身形了——應該吧。這樣還被發現的話，就只能立刻瘋狂開火了。

為了消除氣息，蓮把自己當成卡車的一部分。

這就像是——獵人將自己跟樹木一體化來欺騙動物的「樹遁」密技。大概啦。

「受不了！可惡！搞什麼啊！這住宅區太大了吧！居民全都是有錢人嗎！太讓人羨慕了！」

T—S成員一邊在10公尺左右的前方大叫出真心話一邊前進，而蓮則是屏息目送他離開。

小隊內為了識別加上06這個號碼的他大步走著，最後來到丁字路口。

「可惡！路到這裡就沒了嘛！要往哪邊啊——沒辦法了，往右吧！可惡右邊啦！因為我是右撇子！我喜歡右邊！」

他巨大的聲音讓蓮的理解得到了證實。

現在前進的T—S成員，存在SJ5開始後相遇並且聯手的其他隊伍伙伴。然後對方在霧裡從後面跟了上來。

發出吵雜聲音的他立刻就會被發現。然後當他被其他人射擊時，其他人就會一擁而上。

這個作戰完全活用了T—S的防禦力，算是相當棒的點子。

T—S成員手上之所以沒有拿槍，是為了演出自暴自棄的模樣，同時為了讓人覺得他無法反擊，不過最重要的理由應該是避免槍械被擊中而損毀吧。

因為大叫的內容都用光了，才會做出像是抱怨規則般的發言吧。

然後關於規則也全都抱怨完了，只能大叫什麼豪宅啦、有錢人啦之類的內容。順便也對後方同伴們——通訊道具應該已經連線的傢伙們叫出告知狀況的內容。

果然來了……

蓮一動也不動，深信自己是卡車的零件之一，同時從地面與斗篷的縫隙之間能看到的世界目擊到兩名從後面過來的玩家。

確實保持警戒從T—S經過的道路走過來的，是穿著茶色沙漠迷彩戰鬥服的高大男性，以及做牛仔褲加上皮外套這種西部劇槍手般打扮的粗壯男人。

兩人以10公尺的間隔橫排在寬敞道路中央，為了以耳朵傾聽敵人動靜，在不發出腳步聲的情況下慎重地前進。

兩人理所當然地各自把愛槍抱在應該是慣用手的右側腋下，視線則是往左右兩邊掃動。食指為了防止產生彈道預測線，同時也是為了基本安全起見而伸直，不過一有發現立刻就會架槍擺出臨戰狀態。

走在道路右側，也就是距離蓮比較遠的沙漠迷彩男，手上拿的武器是經過大量改造的「A

ＫＭ」突擊步槍。

裝著消音器，槍托與握柄也與原始狀態不同，加裝了瞄準器與戰術燈等各種裝飾品。

加裝一大堆零件後，結果就是甚至讓人覺得體積變大一‧五倍，重量變成了兩倍。一看就覺得一定是個知名的槍械迷。

比較靠近的西部劇男，武器完全配不上帶歷史的服裝，他拿的Ｈ＆Ｋ公司製「ＵＭＰ45」衝鋒槍有著直線基調的近未來外觀。這把就是原本的模樣，不過槍口還是裝了像蓮藕一樣的粗大消音器。

兩人之所以都想抑制槍聲，應該是為了無聲幹掉踏入Ｔ—Ｓ這個陷阱的傢伙，然後繼續尋找下一個獵物吧。

充滿殺氣的兩個人要是跟現在只拿著手槍的蓮互相射擊，蓮絕對一瞬間就會落敗。如果蓮沒有聽碧碧的話對Ｔ—Ｓ出手，隨即就會遭到痛宰了吧。

真是太危險太dangerous太驚險了……

化作卡車一部分的蓮在腦袋裡想著同樣涵義的字，同時靜靜地凝視著兩個人。

看來實在無法仔細檢查周圍，所以兩個人只打算解決踏入Ｔ—Ｓ陷阱的傢伙。他們保持在不遠離與錯失陷阱的狀況下前進著。

我是卡車。我是卡車的一部分。怎麼看都是卡車的一部分吧。就算看見我，也沒有必要浪費子彈喔。

冷靜地在心裡如此暗誦的蓮面前……

「有錢人滾出豪宅！絕對要粉碎狗屁規則！贊助商必須遵守SJ的規定！」

T—S喊著奇怪口號的聲音終於慢慢變小，帶著濃濃殺意的兩個男人也像鬼魂一樣消失在濃霧當中。

「兩個人離開了……」

蓮小聲說道……

「那真是太好了。」

雙耳聽見碧碧溫暖的回答。

「咦？」

蓮緩緩撐起身體，碧碧人就在附近。在距離約5公尺左右的道路上半蹲著。在霧中靠近到差一點就會被看見的距離並且偷偷追蹤那兩個人，而且還在不被蓮察覺的情況下接近她。

RPD機槍似乎收到倉庫欄裡了，目前見不到蹤影。相對地，手上拿著M17手槍。而且槍身前端還裝了圓筒型消音器。

「原本打算……靜靜地幹掉那兩個人……？」

感到吃驚的蓮這麼問道……

「如果小蓮被發現是小蓮的話啦。」

「原來如此……」

一旦發現被懸賞鉅款的蓮，那兩個人絕對會不管三七二十一就拚命攻擊，然後蓮大概，不對，是絕對會死亡吧。全身應該會被足以死三次的子彈擊中。

碧碧將會趁著這陣攻擊從後面靠近，然後偷偷以手槍靜靜地幹掉兩個人。打從一開始就無視保護蓮的安全這件事。

面對安靜且確實準備下一個計畫的碧碧，蓮只感到萬分佩服。

Pitohui當然也是擅長預先判斷情勢的玩家，但那個人的缺點是帶著破壞一切的衝動。有時會開心地犯下大錯。不過蓮認為那也是她的強大之處。

另一方面，碧碧則是——徹頭徹尾的冷靜，擁有下詰棋般充滿智慧的冷酷。總是採取絕對不讓隊友受到多餘傷害的戰鬥方式。Five Ordeals的時候就是這樣了。

原來如此……難怪不可會佩服她。

「原來如此……難怪不可會佩服妳。」

蓮不小心把內心的話說了出來。

碧碧眨了眨在智慧型眼鏡底下的眼睛……

「她這麼說嗎？真是意外。」

「是嗎？」

「我覺得不可比我強多了喔。」

「這句話我可以告訴她本人嗎？」

蓮無法聽見對方的回答。

因為槍戰的聲音籠罩了整個世界。

「嗚！」

「啊。」

不論是蓮還是碧碧，在聽見槍聲後都先開始身為ＧＧＯ玩家應該做的事情。

也就是先趴下來。

世界上的槍戰，只要趴下就大概能躲過。蓮如此相信。

突然開始的激烈槍戰——好幾種槍聲混合在一起的演奏，從略遠的地方響起。

五種左右音調、強弱與節奏各有千秋的槍聲，從50到１００公尺的地點傳過來。從M那裡學來的，藉由槍聲來測量距離與方向的技術依然健在。方向當然是剛才三個人離開的東南方。

「有人上鉤了。」

碧碧有些開心般這麼說道。

那個時候她的手槍已經連同消音器一起收回腰間的槍套裡，RPD也實體化放在道路上，只能說確實很有一套。

蓮雖然沒能看見，不過應該是趴著揮動左手來操作倉庫欄吧。她是腦容量相當大，能夠同時做許多事情的人。

「拉開距離吧。」

「了解。」

蓮一邊回答一邊看向手錶。時間快到十三點二十七分。

雖然剩下三分鐘左右就要開始掃描，但那場槍戰應該不會持續到那個時候。

然後蓮的位置將會被獲勝者發現。原來她就在這麼近的地方。所以當然還是盡可能拉開距離比較好。

蓮小心翼翼地確認周圍後才站起來。

100公尺完全是足以被捲入槍戰的距離。確認過是否有流彈的彈道預測線往這邊延伸之後，蓮朝著丁字路口往左轉，也就是西北方向前進。

這個方向雖然遠離了SHINC所在的地點，但現在沒空管這麼多了。得先想辦法存活下來才行。

仍然可以聽見激烈的戰鬥聲。聲音一直都沒有中斷。從稍遠處傳過來的槍戰聲，跟連續敲打小太鼓的聲音十分相似。

蓮猜想應該是某個人或者某群人先注意到T—S，沒發現是陷阱就開槍。

T—S雖然被擊中但還是撐住了，接著後面的兩個人開始反擊。

但因為在霧裡所以一直無法分出勝負。敵人與伙伴全都以彈道預測線為目標，一邊移動一邊猛烈地射擊——情況大概就是這樣吧。

蓮在道路上前進，逐漸遠離戰局。沒必要陪他們打這場仗。

考慮到新敵人來到現場的可能性就加快腳步前進的蓮……

「碧碧，妳跟上來了嗎？」

對應該在霧後面的臨時搭檔這麼問道。

「沒問題。」

「那真是太——」

準備說「太好了」的蓮，話說到一半就被從霧裡過來的某樣東西打斷了。

才剛看見就變成形狀，剛變成形狀就立刻從身邊經過的狀況，跟在高速公路急奔時看見NSS一樣。

但這次的物體更加快速，看見跟分辨形狀以及經過的過程大概不到零點五秒。

「啊。」

蓮辨明之後，那個物體似乎也通過在後面的碧碧身邊……

「啊。」

結果讓她做出完全相同的反應。

「啊啊！快點全力奔跑！跟著我的燈一起跑！」

蓮一邊大叫，一邊把Vorpal Bunny插回兩腿的槍套並且開始跑了起來。用的是碧碧應該能追得上來的最快速度……

「知道了。」

聲音只從左耳傳回來。

實際上不清楚她是不是跟上來了，不過現在是跑在道路上。應該能靠紅外線標誌燈與智慧型眼鏡看到蓮才對。

不妙不妙不妙不妙ㄅㄨˊㄇㄧㄠˋbmio醭繆！

蓮的心跳像戰鼓，或者也可以說像仍可以聽見的全自動槍聲一樣在體內響起。

一瞬間看見的「那個」。

真的只有一瞬間，但蓮還是確實地確認過形狀了。絕對不會弄錯。

那是——

騎著自行車的玩家。

玩家騎著應該是掉落在戰場上的登山車，拚命踩著踏板來奔馳。速度甚至跟蓮全力跑動時差不多。

然後蓮曾經見過該名玩家的打扮。而且不是轉播的影像，而是親眼見過的人物。是在上一屆SJ見過的人。

全身只在身體前方著裝大量像是裝甲板般的護具並且戴著頭盔，外表看起來像錫鐵機器人般的一群傢伙。也是背上揹著巨大背包的一群傢伙。

那個人是那群傢伙之一！自爆特攻小隊「DOOM」！

也難怪蓮會寒毛直豎。

SJ4的時候，蓮他們差點在一開局時就被這支首次參加SJ的新隊伍全滅。

DOOM所有成員都只用護具覆蓋住身體前面，即使中彈也還是朝著敵人前進，然後以揹著的大量高性能炸彈連同自己一起轟飛，這支小隊用的就是如此極端的攻擊方法。

雖然絕對無法單獨獲得優勝，但是藏有完全埋葬強大隊伍的力量，真的是名符其實的爆炸性隊伍。

蓮在SJ4時體驗過好幾次炸彈的威力，那真的只能夠用駭人聽聞來形容。

事後M觀看影像後做出了考察，認為半徑50公尺以內將無條件立即死亡。就算待在某種物體後面也一樣。速度猛烈的衝擊波將擊碎體內的臟器。

更誇張的是，只要不是水泥牆等堅固的掩蔽物，身體就可能會被吹飛然後受到即使死亡也不足為奇的重大傷害。

繼續往外擴散的爆風也相當恐怖，如果有什麼東西在途中被吹走，就會變成碎片讓殺傷力更為提升。就跟颱風與龍捲風是一樣的道理。

ＳＪ４時如果不是Ｍ讓拖車側翻，然後靠堅固的車身與堆積在上面的鐵柱來幫忙減輕爆炸威力的話——蓮他們所有人應該都會被轟飛吧。說不定會直接飛到橋梁邊緣。

蓮所想的，或者應該說害怕的是，剛才騎著自行車的那個人會在哪個地方爆炸。

如果能在槍戰之中爆炸那就最好了，但那只是樂觀的預測。

在現在最靠近自己的敵人處自爆的話，我方絕對也會遭受相當嚴重的傷害。

或許只是自己想太多，不過剛才稍微瞄到的背包好像變得比上一次還要大了。

可能只是自己想太多。如果是自己想太多就好了。一定是自己想太多！

蓮一邊跑……

「那傢伙是上一屆的自爆小隊！不盡可能遠離的話——真的會ＧＧ！」

「年輕人的用語耶。」

「現在這不是重點啦！」

「那我現在要說重點嘍。稍微放慢一些速度。我追不上了，快看不見妳了。」

「咕嗚……」

蓮似乎不知不覺間用上了全部的力量來奔跑。沒辦法的她這時只好放慢速度。

在霧裡面雖然看不見其他玩家，不過要是遇見什麼人的話，蓮打算立刻這樣大叫。

喂，那邊的傢伙！很危險快逃啊！

槍戰的聲音遠去。看來仍未爆炸。

很好就這樣別炸了。別爆炸別爆炸。千萬別爆炸啊。

還是爆炸了。

SECT.5

第五章　會合

攻擊是來自於後方。

才剛覺得背後的世界一瞬間發出橘光，地面就在聲音抵達前搖晃了起來阻礙蓮奔跑的雙腳，接著衝擊波輕輕抬起她的身體……

「嗚咿？」

蓮被吹飛到空中。

簡直就像被彈射器發射出去一樣。未曾感受過的G力在蓮的腦袋裡以虛擬的形式重現。

好像出現了爆炸聲，但實在太過巨大，像被塞進洗衣機裡般一邊旋轉一邊被吹飛的蓮根本無法判斷是不是聽見了。

在蓮猛烈旋轉，然後因為精神集中而變成慢動作的視界中，可以看見一棟豪宅。

看起來比其他房子更加堅固，房屋本體是由紅磚蓋起的穩固豪宅。

在這個全是平房的住宅區，這棟豪宅是罕見的兩層樓建築。有斜度的木製屋頂上最醒目的是足以讓三個聖誕老人一起進入的豪華煙囪。

由於在旋轉狀態下，每次看到時房子都像格放一樣漸漸變大，所以可以知道自己正如子彈般朝該處衝過去。

也就是說，蓮馬上就要撞上那個了。只是方向不同，其實跟朝著那棟房子「掉落」沒有兩樣。

啊，這下死定了。Ｄｅａｔｈ了。

蓮心裡這麼想，但沒有說出口。說起來根本沒有開口的時間。雖說是在虛擬世界，但現在是處於不知道是否在呼吸的狀態。

不過！或許會死亡，但還是要趁能活動的時候把該做的事做完。

蓮做出最後的抵抗。

在空中扭動身體揮舞手臂並把腳縮起來，想盡辦法改變重心讓旋轉產生變化，試著讓背部朝向房子。看起來就像是揮舞機械手臂來控制姿勢的人造衛星。

然後可以的話希望撞上的不是磚牆而是巨大的窗戶。

蓮拚命的抵抗，不知是靠著蓮的敏捷性，還是天生的運動神經，又或者是兩者綜合起來才能辦到的技巧——總之是有了好的結果。

蓮嬌小的身體讓被吹飛的方向與姿勢產生微妙的變化。

即使只是微妙的變化，在被猛烈速度吹飛的狀況中還是會變成相當大的動作。就像金臂投手投出的變化球一樣，蓮急遽改變了軌道。

最後的旋轉緩緩結束的下一個瞬間，蓮從背部撞上巨大窗戶的中央。

寬敞客廳的玻璃窗隨著豪邁聲響破裂成碎片，罩著白色迷彩斗篷的嬌小身軀充滿活力地進入室內……

「呀啊！」

蓮在空中移動到寬敞的客廳中央，從屁股跌落到該處破破爛爛的豪華沙發上並且反彈了一次。

「哇！」

在遲了一會兒進入房內的爆風將室內所有東西吹飛之中，完成一次後空翻的蓮從背部撞上暖爐上的牆壁，稍微往下掉落後重重坐在暖爐上停了下來。

「啊啊……」

雖然視界受到被吹飛的影響而晃動不已，但蓮總算是停下來了。

畏畏縮縮看向自己的ＨＰ後，果然不可能毫髮無傷，大概減少三成左右。

但不知道被吹飛幾十公尺的距離才受到這種程度的傷害已經很好了。看來自己依然是Lucky girl。

然後……

「啊──」

看見眼前的景色。

好明亮。

在塵埃、紙屑等輕量小物體大量飛舞的室內邊緣，玻璃破碎後只剩框架的窗戶外面可以看見一片晴空。

是平常的ＧＧＯ那種帶著些許紅色的藍天。哇，好晴朗的天氣啊。感覺非常神清氣爽呢。

接著清楚地看到一半房子被轟飛的住宅區，而且是連遠方大概３００公尺之外都看得一清二楚。

籠罩在那種濃霧之中的世界，一瞬間變得清晰。

大晴天？為什麼？

蓮一開始雖然感到狐疑，但馬上就理解了。

因為變成廢墟的住宅區正中央，出現了一朵往上方藍天成長的灰色香菇雲。

原來如此，霧被吹走了嗎……

威力絕對比ＳＪ４更上一層樓的爆炸，產生的強大壓力暫時把周圍數百公尺的霧吹散，讓世界回歸清晰。

啊……真是美麗……

蓮先是這麼想，接著才想起還有更值得自己注意的事情。

「碧碧？沒事吧？」

她在蓮身後有點距離的地方。應該會被捲入更猛烈的爆風裡。不對，嗯……這種等級的爆炸可能差不了多少吧。

「是還活著。」

聲音傳回耳裡。看來尚未從ＳＪ裡退場。

但是聲音聽起來沒有元氣。她平常總是相當嫻靜的聲音，聽起來變得沉悶。

蓮輕輕從暖爐上跳下來……

「妳在哪裡？我在一棟紅磚的大房子裡。」

「我能看到那棟房子。現在天氣很晴朗。」

「妳能過來嗎？」

「沒辦法。」

蓮了解了。

碧碧陷入了相當不妙的狀況當中。

埋在瓦礫底下了？還是被卡在什麼地方？腳扭傷了？還是更加嚴重，像是失去了幾隻手腳？

雖然不知道她不能動的理由，但要做的只有一件事。

「我去救妳！妳人在哪裡？」

蓮從進入的窗戶衝到外面的瞬間，風就隨著轟然巨響吹了起來。

「噗哈！」

蓮的斗篷劇烈地暴動了起來。

籠罩全身的是從自己後側往前吹過來的颱風般暴風。由於身後就是豪宅，應該已經幫忙擋住不少風了才對。

這是大爆炸後的強風回吹。

帶著霧氣的白色空氣包裹住蓮，一口氣奪走了她的視界。

之前能看見的平坦住宅區爆炸後的燒焦遺跡、房子被吹飛後遺留下來的地基、殘留下來的焦黑道路等再次被霧裹住而沉沒。

原本待在那裡的人絕對全死光了吧。雖然因為太遠而看不見「Ｄｅａｄ」標籤就是了。

「妳可以筆直地過來嗎？」

「ＯＫ！」

蓮在風中跑了起來。

蓮她們應該很歡迎濃霧重回現場。這樣應該能再次讓罩著白色迷彩斗篷的蓮與現在無法動彈的碧碧隱藏起身形。

「我看不見，妳要給我指示。我正在靠近嗎？」

蓮讓碧碧看著紅外線標誌燈……

「沒問題。稍微往左前進。沒錯，現在就是正面。」

蓮看見土壤上散布著細小的木材，於是一邊避開它們一邊前進。

這個地點是那棟豪宅的庭院。花了十五秒走回剛才兩到三秒就被吹過去的路程。

這段期間濃霧再次包圍世界，風也快速地止歇。

蓮避開或者踢走散布在土壤上的礙事木材並且奔跑著，最後來到柵欄前面。

塗成黑色的堅固金屬製柵欄是用來分隔豪宅之間的院子。

柵欄的柱子不是圓筒形而是正四角柱，一邊大概是3公分左右。

以大約30公分等間隔設置的柱子前端是類似撲克牌的黑桃形狀。高度隨便就超過3公尺吧。森嚴的程度足以媲美監獄。

蓮在GGO內已經看過許多次這樣的柵欄了。那是住宅區裡常有的練功區道具。

能夠徹底看見後面，也不能當成槍戰時的遮蔽物，但是要越過卻很麻煩。而且大多延伸很長一段距離，因此玩家都很討厭它們。

順帶一提，有電漿手榴彈的話，爆炸的球體會漂亮地切下柵欄，到時候就能通過了。周圍沒有敵人的時候，這是很方便的手段。

GGO裡關於道具的傷害設定得非常詳細，大多是「加以破壞的話只有破壞的地方會壞掉」。

一般的遊戲裡，道具的耐久度歸零後道具本身就會消滅。ＧＧＯ裡的話，如果是大到某種程度的物體就是只有會壞掉的地方損毀，除此之外的部位則保持原本的形狀。

這就是即使牆壁開了洞牆壁也不會消滅的理由。柵欄當然也一樣。

原因是ＧＧＯ相當重視「重現真實的廢墟與戰鬥」，據說這是因為營運公司想窮究破壞的美學。是真是假就不知道了。

蓮來到柵欄前面，才剛想著「那麼碧碧人在哪裡呢」的瞬間……

「真是頭痛啊。」

雙耳聽見她的聲音。

「咦？」

蓮朝聲音的來源，也就是上方看去。

「嗚——」

然後說不出話來。

為了不跌倒而一直看著腳邊，所以來到這裡之前都不知道狀況。

碧碧人在高高的柵欄上。

腹部被其尖端貫穿了。

「什！咦！不要——」

蓮忍不住想問「不要緊吧」，但那根本沒有意義所以就打住了。

她努力試著掌握狀況。

聳立在眼前的柵欄，其頂端有三個黑桃刺進碧碧的身體裡。

一個深深刺入左側下腹部後貫穿到身體後面。完全是串燒狀態。

一個刺進右邊腹部較高的位置，也就是肺部正下方左右並且消失在身體內。而且是連同胸掛包厚厚的布料。

一個刺中左腿。雖然只有前端，但同樣是陷入身體好幾公分。

黑桃雖然是將劍圖案化而成，但是卻展現出不輸給真劍的銳利度。

碧碧的身體在空中3公尺的位置，腹部朝下微微彎曲成「く字形」，整個人根本無法動彈。

就算她想用雙手雙腳的力量來抽身而出，也因為橫條的位置太靠近身體而無法使出足以抬起身體的力量。然後下方全部都是棒子，所以手腳無從施力。

最重要的是，隨便亂動身體的話，可能會因為重量而陷得更深。

紅頭伯勞鳥習慣把昆蟲等獵物掛在樹枝上當成「儲糧」，面對這時簡直變得跟「儲糧」一般的碧碧……

太……太可憐了……

蓮打從心底同情起她來。

用不怕別人誤會的言語來形容ＧＧＯ的話，大概就是「主要是以槍械，以及除此之外的各種方法來享受殺害他人的遊戲」。

蓮也跟其他大量的ＧＧＯ玩家一樣，曾經把槍口靠在對手的頭部然後開火射穿，以隨手丟出的手榴彈將敵人身體炸得四分五裂，或者以小刀直向把男人從胯下切開。

等等，最後一項應該只有蓮曾這麼做吧。

不過要是在和平的日本過著普通的生活，這些都是不會見到的光景。因為太過不真實而讓殺人的顧忌感變淡。

跟那些殺人方式比起來，現在碧碧這種「現實世界也可能發生的悲慘狀況」更讓人感到難以接受。

為什麼會變成這樣？

被剛才的暴風吹飛——到這裡都跟蓮一樣才對。

但是碧碧被吹得更高，然後不知道是什麼樣的命運惡作劇，就這麼剛好從腹部掉落到這個地方。

她的愛槍RPD掉落在柵欄後面距離10公尺之外的地方。因為濃霧而顯得模糊，看起來孤零零般佇立在該處。希望不要壞掉才好。

「真是的，太倒楣了。很痛耶。」

碧碧虛弱地這麼說道。

當然在GGO裡不會像現實世界那麼痛，但腹部刺進這麼多東西的話，當然不可能覺得舒服。

這時候蓮……

「HP剩下多少？」

問出最為重要的事情。

首先應該不可能毫髮無傷。大概減少了兩～三成吧？然後既然還刺在身體裡，那麼HP現在應該也正在減少才對。

「落地的瞬間就減少一半。現在還剩下兩成。」

「咿！」

減少得比蓮期望的觀測還要多，讓她忍不住發出刺耳的聲音。

這樣放著不管的話，似乎不到一分鐘HP就要歸零了。再這樣下去她將會死亡。也就是從

ＳＪ５退場。

蓮的手錶在同一時間開始震動，於是她瞄了一下來確認時間。十三點二十九分三十秒。現在三十一秒。然後三十二秒。

距離第三次的掃描以及彈藥完全回復只剩下二十秒，但現在根本沒有時間觀看地圖。

還有更重要的事情要做。沒錯，就是解救在眼前痛苦不堪的同伴。

「急救治療套件！」

「我拿不到。」

「我來拿！在哪裡？」

「左腿的口袋。」

「知道了！」

蓮迅速跳到鐵棒上。

雙手抓住兩根鐵棒後，像是用兩腳底部踢向鐵棒般不停往上爬。迅速的動作不輸給猴子。甚至可以說更勝於猴子。

很小的時候，真的是年齡與身材都還很小的時候——蓮經常跟兄弟姊妹一起爬樹。沒想到會在這時候派上用場。這方面她可以說是「老行家」了。

「哎呀真厲害。」

迅速爬上棒子的蓮，把手朝著表達佩服之意的碧碧左腿外側伸去。

深深刺進大腿前面的黑桃讓人不忍卒睹。紅色中彈特效——或者可以說傷害特效正閃閃發光。

蓮慎重地把像是粗大鉛筆的急救治療套件抽出，然後毫不猶豫地打在碧碧的腳上。

「謝謝。」

碧碧的身體先是發出光芒，然後ＨＰ就開始回復了。

但這一根只能回復百分之三十的ＨＰ。而且得花一百八十秒才會結束。

目前這個階段，這只是用來稍微延長碧碧死期的物品。

「雖然很想幫助妳抽身——」

蓮知道憑自己的力量是沒辦法幫上忙。

實在不認為爬上去的蓮具備單手把被刺穿的碧碧抬起並且拔出來的力量。就算用上雙手也一樣，因為基本上力量本來就不足了。

「電漿手榴彈呢？」

那種藍色奔流說不定有辦法解決。

雖然開口詢問，但碧碧應該沒有帶吧。因為如果有帶，應該早就丟到地上了。

「可惜沒帶。」

果然得到心裡有數的回答——

啊啊……！如果Pito小姐或者不可在這裡就好了！

「啊啊……！如果Pito小姐或者不可在這裡就好了！」

蓮心裡這麼想，也實際叫了出來。

「嗯……看來是沒救了。我這屆應該到此為止了。妳先走吧。」

「…………」

或許這樣才是正確的選擇。

雖然大爆炸應該會讓其他人嚇一大跳，但無法保證其他敵人不會聚集到這個地方來，如此一來，兩個人一瞬間就會被擊殺了。

或許即使只有自己一個人也應該想辦法存活下來，說起來ＳＪ本來就是這樣的比賽。

「那麼——」

蓮下定決心了。

她咧嘴笑著說：

「就讓我掙扎到最後一刻吧。」

蓮雙手放開柵欄，雙腳一踢飛到了空中。同時左手迅速揮動，等視窗出現在眼前就按下武裝一併更換按鍵。

背上剛才保護了自己的背包消失，腰間的槍套也連同兩把Vorpal Bunny一起不見了。

然後P90在落地的蓮面前成形。

出現了直線與曲線，以及不知該如何形容的線條，不知道這樣究竟能不能稱為機能美，不過總之是蓮相當中意的形狀。再加上她自己選擇並且塗上的粉紅色。

應該剩下不到二十秒！

蓮緊抓住P90，拉下槍機拉桿並且放開，把首發子彈送進膛室。

然後……

「妳做什麼？」

以行動回應瀕死的碧碧提出的問題。

橫排的柵欄間隔大約是30公分左右。刺中碧碧的是併排的三根。

要上嘍！小P！展示你的刀刃，或者是利牙吧！

「了解！交給我吧！」

P90以活潑少年的聲音回應，然後蓮就把槍口對準其中一根柵欄。

緊靠著的話害怕會有跳彈，所以大約隔了10公分的距離。

啪啦啦啦啦啦啦啦啦啦啦啦啦！

P90在本屆比賽首次噴出火光，子彈擊中柵欄後爆出火花來。

雖然是僅僅2公克這種又小又輕的子彈，但以超越音速的速度撞上去的話，就算是鐵柵欄也無法平安無事。而且是以秒間15發的連射速度發射出去。

聽起來幾乎連在一起的槍聲吵雜地籠罩整個世界，從槍身底下排出的空彈殼先是閃爍著亮光，然後變成光粒消失時會再發亮一次。

每遭到子彈擊中柵欄都會扭曲並且改變形狀，最後終於斷裂了。

「先解決一根！」

蓮確認視界右下角的殘餘子彈數量。不愧是以具備50發彈匣容量為傲的P90，目前仍剩下30發以上，所以立刻開始切斷下一根柵欄。

再次開始全自動射擊。

小P發出低吼。爆散的火花與空彈殼。

可能是抓住訣竅了吧，接下來很容易就切斷了。

「第二根！」

碧碧從上空3公尺往下看著這種樣子，同時開口問道：

「說明書裡有這種使用方法嗎？」

「沒有！」

打算把剩餘子彈用光的蓮繼續著作業。

第三次的火花與槍聲。抱歉喔，暫時會因為施工而很吵。

「成功了！」

最後成功切斷第三根，這樣只剩下橫桿了。

沒有多餘的時間觀察周圍了。蓮以眼睛幾乎看不見的高速更換彈匣，讓P90的剩餘子彈數變成51發。也就是彈匣內的50發與膛室內的1發。

把P90掛在肩上後，再次像猴子一樣爬到碧碧身邊。令人懊惱的是就算切斷底下的三根，柵欄卻依然因為橫桿而堅固地聳立著。

「剩下多少？」

「一成？」

簡短的對話之後，蓮以一隻左手以及張開的雙腳來保持平衡，然後只用一隻右手拿著P90拚命開火。

首先從右側的橫桿。

槍聲與火花爆散，5公分左右的粗大橫桿不停被削下——然後斷裂。

下一個瞬間……

「嗚哇！」

「咕！」

柵欄上部連同碧碧一起整個傾斜。

蓮只用抓住橫桿的左手掛在空中，碧碧的身體在整個扭曲的柵欄上部大大地傾斜，但是仍無法抽身。

「可惡的——」

蓮把柵欄當成ＳＪ最大的敵人了。她整個伸直右手，把槍口朝向即使扭曲也還沒有斷裂的橫桿……

「臭傢伙啊啊啊啊啊！」

開槍盡情地射擊。

為了盡可能讓子彈擊中目標而拚死抑制著後座力。因為是不易保持平衡的體勢，所以有幾發子彈消失在前方的霧裡。

火花、槍聲與空彈殼包圍整個世界，橫桿的使命突然結束了。

「呀！」

碧碧從橫桿上恢復自由了。

然後就被重力逮住了。

連同刺在身體裡的棒子開始從3公尺處變成自由落體——

糟糕就這樣掉下來的話碧碧可能會死！

用一隻左手吊在柵欄上的蓮感到害怕，但已經太遲了。說起來也沒有其他辦法。

至少別死啊！

碧碧在腹部與腳被刺穿的狀態下，一邊橫向倒下一邊朝地面掉落——

這時她的身體……

「哎唷！」

被粗大的臂膀穩穩接住。來者的聲音相當粗豪。

由於沒有看向周圍與底下，所以該名玩家跑過來時蓮根本沒有看見。因此沒有注意到。

然後現在蓮看見了。

「老大～！」

那裡站著蓮想遇見的人。

「嗨！看來妳們遇到麻煩了！」

身穿散布綠點的迷彩服，綁著辮子的大猩猩，以會嚇哭小孩子的笑容往上看著蓮。

她的愛槍，消音狙擊槍「ＶＳＳ Vintorez」則是以肩帶揹在背上。

面對遭到長長鐵棒貫穿的碧碧……

「嘿咻。」

她就像舉起嬰兒般用單手支撐住，然後用另一隻手把刺在身體裡的劍拔出去。就像拔掉烤雞肉串的竹籤一樣。

三根鐵棒瞬間被拔出，接著溫柔地把碧碧的身體橫放在土上……

「啊啊，得救了。還是第一次看到這樣差點就要歸零的HP條。」

仰躺的碧碧邊往上看著粗壯的猩猩邊如此表示。

「謝謝二位了。」

現在沒有死亡，就表示HP已經停止減少。然後靠著急救治療套件的運作正在回復途中。只要沒有受到新的傷害，碧碧應該就沒問題了吧。現在老大要是跌倒壓在碧碧身上，那她可能就死了。

「太好了啊啊啊啊！」

蓮小心翼翼地注意著絕對不能跳到碧碧身上，同時踢向柵欄跳到空中。

然後在降落到地面之前就看到了。

「Lucky——！」

在霧後面發出怪聲，手上架著瑞士製「SIG550」突擊步槍的男人。

服裝與容貌都未曾見過的男人，大約在20公尺前方，以濃霧為背景站立著瞄準我方這幾個人。

大概是認為蓮的槍聲是在戰鬥，在霧中以匍匐前進或者某種手段偷偷靠近的吧。

由於三個人都鬆懈了，或者應該說都不在能夠反擊的態勢之下，所以他為了容易射擊而站起來準備連射。

因為三個人其中之一被下了難以置信的巨額懸賞，也難怪他會說出「Ｌｕｃｋｙ」這種發言。

蓮能理解他的心情。非常能夠理解。

嗯，雖然一瞬間能做出完美的預測，但是蓮無法反擊。

在自己把Ｐ９０朝向該處並且開槍之前，對方會先開火，老大、碧碧以及自己都會變成蜂窩並且從ＳＪ裡退場。

蓮心裡想著「至少先攻擊我吧」。

如果是目標比較小的自己，老大就可以趁對方失手的空檔，或者自己被打死的時候解決這種情況——或許啦。

蓮瞪著男人預定要噴火的槍械並且著地的瞬間……

「哈嘎！」

那個男人就往後仰，然後直接倒了下去。

由於蓮看見男人臉上一瞬間出現紅光，所以絕對是被擊中了——嗶啵。

因為倒地的瞬間立刻出現「Dead」標籤，可以知道是一擊必殺的爆頭射擊。實在太準了。

以遊戲來說，太過快速死亡也沒有意思，所以GGO內能夠一擊必殺的部位相當狹窄。

雖說也要看子彈的威力——但就算是通常的突擊步槍直擊腦幹的位置，也就是不直接貫穿臉龐或者腦袋中心部位的話，是不會出現那樣瞬殺，也就是連扣扳機的時間都沒有就立刻死亡的情況。

不過是從哪裡射擊的？都沒聽到槍聲耶。

落地的蓮放下P90的槍口，同時在內心感到狐疑時……

「想不到竟然是妳們啊。」

從後面傳來似曾相識的男性聲音。

回過頭去的蓮……

「啊啊！」

聲音符合臉上露出的表情了。

距離20公尺外的濃霧當中，有一個男人正架著附加消音器與槍榴彈發射器的Stery

「STM—556」突擊步槍。

穿著以直線為基調的綠色迷彩服，肩上縫著骷髏頭嘴咬小刀臂章的小隊隊長——大衛正站在那裡。

十三點三十二分。

蓮被吹飛進去的超堅固磚造豪宅——有四個人正待在它的二樓。蓮、碧碧、老大以及大衛等四個人。

現在這棟豪宅對他們來說是最完美的地點。

首先整棟房子都是由厚厚的磚頭所建造，所以就算被子彈擊中也不會輕易遭到穿透。

但磚頭不停被子彈擊中也會持續碎裂，所以無法保證待在這裡絕對安全。

只不過，疊了好幾層的磚牆壁，至少不會首發子彈，或者2～3發子彈就被打穿。不過拿超高威力的反坦克步槍或者反器材步槍的話就另當別論了。

如果這是美國常見的「框組壁式木構造房」，那牆壁就相當薄，步槍子彈從第一發就能輕易貫穿牆壁。

蓮透過GGO學到了對上軍用步槍時，房子或者車子裡面一點都不安全這件事。這是在真實世界不知道該如何派上用場的知識。

再加上這棟房子是兩層樓建築，所以從蓮他們的位置能夠俯瞰周圍數公尺的環境。

現在霧仍然很濃，30公尺外有什麼根本就看不見。即使如此，能夠從上方觀看並且射擊毫無疑問是一種優勢。

戰鬥時能夠取得制高點的一方將獲得壓倒性的優勢。蓮透過GGO學到了這一點。這是在現實世界不知道該如何派上用場的知識。

四個人各自在不同的房間裡。

他們各自占據了二樓面向東西南北方的四個房間。老大是東，碧碧是西，蓮是南，大衛則是北。

從位於該處的窗戶偷偷探頭出來監視著四面八方。因為是廢墟，所以房子內部相當破爛，甚至到了不像過去曾有人居住的地步，不過地板倒是相當堅固。

四個人來到自己負責的地點後，開始互相確認周圍是否有異常。

「要再次跟三位道謝。多虧了小蓮的神點子、伊娃的神守備還有大衛的神爆頭。」

碧碧如此表示。

用的是出自真心的溫柔口氣。對話當然是透過剛才連上線的通訊道具。

「不用客氣！」

老實的蓮以開朗的口氣回答……

「別看我這樣，我很會接東西喔。能派上用場真是太好了。」

現實世界是新體操選手的老大也很開心般回應……

「嗯……只是剛好遇見。不用道謝。」

不老實的大衛則是這麼說道。口氣則是一聽就知道言不由衷。這個傲嬌的傢伙。

「那麼，剛才的掃描——」

大衛繼續說道。

只有他看到了兩分鐘前的第三次衛星掃描。

蓮跟老大以身體保護著只要被擊中一發子彈，甚至稍微擦過就會死亡的碧碧，同時把槍口與視線朝向周圍。

「周圍1公里以內沒有隊長標誌，當然這不代表附近沒有敵人。還剩下30人。仍未出現全滅的小隊。說起來呢，全部的隊長標誌都沒有太大的動靜。」

原來如此原來如此。

光是聽到這裡就能知道SHINC的隊長不是老大了。大概是腳程很快的塔妮亞吧。

然後大衛似乎也把隊長的位置交給別人了。他應該是想自己變成游擊隊來伺機攻擊敵人的弱點吧。

蓮在窗框旁邊架起彈藥完全回復的P90，一邊監視著周圍一邊在內心這麼回答。

剛才打過急救治療套件了，HP正在回復中。應該可以完全復原才對。然後隊友仍沒有人死亡。

「蓮是LPFM的隊長吧。這個位置已經被發現了。不過，這個地點倒是不錯。」

大衛說得沒錯。

想要固守的話，算是絕佳的地點。不過還是有例外。

「嗯，不過剛才的炸彈魔跑過來的話就無計可施了。」

沒錯就是那群傢伙。

在濃霧籠罩的狀況下，無論如何都會讓敵人靠近。只要能靠近，那些傢伙就無人能敵了。

DOOM最多還剩下五個人。

老大表示：

「嗯，即使如此，還是只能在這裡等待碧碧復活了。」

雖說已經在回復當中，但是把HP仍然不多的碧碧帶到外面去實在太危險了。

「贊成！」

「了解了。」

蓮跟老大這麼回答……

「只能再三跟各位道謝了。」

因此四個人就暫時將這裡作為陣地。開始了籠城戰。

由於決定了作戰方針，蓮便注意著四周並且提出想詢問的事情。

「老大妳們之前都在做什麼？」

「噢。了解這個狗屁規則之後，就決定想盡辦法存活下來。於是我就打算在十四點之前，不論發生什麼事都不隨便移動只要躲藏起來，也給小隊下了同樣的命令。我是從這個住宅區開始出發的。」

「原來如此。」

老大跟蓮的出發地點竟然偶然地沒有相隔太遠。

剛才光是靠近就整合的地圖檔案也證明了這個事實。加上去的只有一些住宅區的部分。

雖然也得到想開車撞自己的三個人身上的檔案，但是加起來仍不到地圖的十分一。

即使出發地點很近，但老大不隨便移動確實是明智的決定。

要是因為追蹤蓮而死的話就是本末倒置了。何況也可能跟腳程很快的蓮在途中擦身而過。

「一開始我就把椅子放在一棟房子深處躲了起來。然後大概過了二十分鐘吧，竟然有人偷偷地跑了進來。」

「那個人就是大衛先生嗎？」

「不。是參賽過好幾次的光學槍隊伍其中一人。沒辦法的我原本打算幹掉他，但他一直沒來到可以拿槍出來瞄準的位置。手槍的話當然就沒問題，但我不想發出聲音。結果他就在窗邊休息起來，讓我感到很困擾。」

消音狙擊槍ＶＳＳ的話，應該能在不被任何人注意到的情況下讓對方中槍，但那也得是在能夠瞄準的時候。

大衛接著繼續說明。

「不知道是什麼樣的巧合，我也是從附近出發。然後偶然看見那傢伙躲起來了。雖說只要悄悄進入房子裡把他打倒即可——但回過神來時，已經在室內跟伊娃大眼瞪小眼。」

「原來如此。」

跟蓮與碧碧十分相似。

如此靠近的話最多就是同歸於盡。與其那樣，還不如跟熟知實力的對手合作還比較好。

「我原本就沒有打算跟誰聯手，也這麼跟隊友說了——但總不能在會合之前就死亡……看見在額頭上捧著巨榴彈咧嘴笑著的伊娃時，我就用力咂了一下舌頭。」

「在淑女面前擺出那種態度真的很沒禮貌。」

老大很開心般這麼說道。

如果大衛開槍的話，大型電漿手榴彈就會爆炸把整間房子轟飛吧。

老大接著又說：

「之後就一直在那間房子裡等待十四點到來，但房子因為剛才的大爆炸而損毀了一半。早應該要預測到可能遇見那支炸彈小隊。打從一開始就選擇這間磚房——過去看過那麼多遍的『三隻小豬』，卻把學到的教訓給忘了。」

老大開了個玩笑……

「哇哈哈……」

蓮直率地笑了起來。

「然後好不容易推開瓦礫來到外面，就聽見一連串P90的槍聲。由於很可能是蓮，就保持著警戒跑過來了。」

「原來如此！」

老大他們躲藏的房子半塌真是太好了。

如果是再靠近爆炸中心一點的地點，整間房子被轟飛或者全倒的話，兩個人就會什麼都沒做就從SJ5裡退場。

然後蓮她們就會在那裡被那個男人擊中，追隨他們一起離開了吧。

大衛表示：

「雖然有點太遲了……不過本屆SJ最初的一個小時，不是什麼都不做獨自躲藏起來，就是跟發現的某個人暫時聯手，大概就只有這兩種方法吧。」

「說得也是。三個人總比兩個人好，四個人又比三個人好不是嗎？」

接著碧碧這麼說道，這時候蓮跟老大已經了解他們兩個人想說什麼了。

「好吧——」

老大以低沉的笑聲表示：

「我們四個人——彼此的實力算在伯仲之間吧。」

「算啊算啊！當然算啊！」

蓮興奮地說出了真心話。

這三個人即使在ＳＪ裡也是屈指可數的強力玩家喲。甚至可以說在這幾個人之中，自己算是最弱的了。

看了一下手錶發現是十三點三十五分。

剩下來的二十五分鐘，為了不輸給那個性格惡劣的贊助商作家，就靠這四個人攜手一起活下來吧。

然後——

我們真正的戰鬥是從十四點開始！

就這麼辦吧。

ＳＪ５從十四點開始。大家都太早來了。

大衛這個時候……

「好吧。既然如此決定——既然如此決定……或許還是像這樣待在這裡比較好。」

也只能說些沒有營養的發言。

蓮也沒有異議。

只要將堅固建築物的二樓當成陣地，而且注意四面八方的話，將會占相當大的優勢。除非對上反器材步槍或者自爆小隊。

不過還是有不安的要素。沒錯，就是自己。

「我的位置會因為四十分與五十分的掃描而曝光喔？雖然偽裝成『沒有參賽』了，但可能還是有不清楚這件事而跑過來的人喔。」

「嗯，那也沒辦法。」

老大立刻……

「那個時候就把妳當成用來吸引敵人的標誌吧。」

做出擁護蓮的回答。真是太讓人感動了。

「那就這麼說定了。我會讓ＨＰ回復到六成。在那之前，讓我休息一下吧。」

碧碧如此表示。

她似乎自行使用了第二根急救治療套件。即使如此，三分鐘後ＨＰ也只能回復到大約六成左右。一開局就剩下一根急救治療套件算是相當大的打擊。

大衛表示：

「蓮，妳有消音器吧。把它裝到Ｐ９０上。」

「啊，了解！」

雖然是首次接受他的戰術指導，不過蓮沒有任何不滿。

為了不讓戰鬥聲傳遍四周圍，蓮從倉庫欄裡取出圓筒並且著裝在Ｐ９０的槍口。當然消音器也是粉紅色。

消音器除了消音效果之外，也具備隱藏大量砲口火焰的效果。即使在霧中拚命射擊也不容易被敵人看見。話雖如此，彈道預測線還是無法隱藏。

如此方便的消音器當然也有缺點。

首先是作為道具的它價格十分昂貴，而且著裝之後槍枝的命中準度將會下降。

最重要的是，槍的全長將會增加而變得難以操控。對於原本習慣揮動短短Ｐ９０的蓮來說，這是最討厭的一點。

不過，如果是這段固守的期間，還是著裝上去比較好吧。於是蓮乖乖地把它裝到槍械上。

聚集幾名伙伴後，心裡踏實多了。

蓮這麼想著。

如果是現在，然後以這四名成員的話，感覺應該能確實地存活到十四點。

一開始跟碧碧聯手，雖然有點危險還是存活下來了，而且還跟大衛以及老大這兩名強大的玩家組成小隊——

我果然是幸運女孩。

蓮這麼想的瞬間……

「敵襲！」

就聽見了老大的聲音。

老大身處面向東方的窗戶。由於蓮是面向南方，於是便移動窗框將身體打斜往該處看去，很可惜的是以房屋構造和角度上來說，她似乎沒辦法看見敵人。

「兩名玩家從東邊跑過來。都不是我們的隊友。看不見其他人。準備進入這間房子，我要開槍了。」

老大準確的報告不停傳送過來。

如果不是我們四個人的同伴，嗯，那就幹掉吧。

蓮這麼想的瞬間……

「開槍——打倒了。Tow down。」

老大做出報告。

真不愧是消音槍ＶＳＳ，完全沒有聽見聲音。

這樣的話，我方躲在這個地方應該沒有被四周圍的人發現才對。嗯，一定是這樣。

ＶＳＳ可以切換選擇器來進行全自動射擊。雖然射程較差，但也能作為消音突擊步槍來使用。

老大應該是用全自動模式，讓準備跑進房子的兩個人吃了一大堆子彈吧。ＳＪ１的時候，蓮打從心底對這把無聲的槍感到恐懼，但變成伙伴的話就相當令人安心。

蓮放心地看起手錶。時間是十三點三十八分。

雖然還有點早，不過準備來看下一次的掃描吧，

蓮悠閒地這麼想的瞬間，房子開始搖晃了。

「嗚咿！」

是某種爆炸讓磚頭蓋成的房子產生搖晃。就連蓮所在的房間都能聽見豪邁的爆炸聲。

「是榴彈發射器！」

老大的聲音。

「命中我底下的房間。看不見開砲的傢——」

槍聲掩蓋了老大的聲音。

猛烈的機槍連射聲將世界一口氣變得吵雜。連結在一起的沉重槍聲是來自於7.62毫米等級的機關槍。

「咕啊！我先撤退！」

聽見老大嚴峻的聲音就能知道事態的嚴重性。

看來建築物的東側正受到機槍掃射。其振動不停地傳到蓮所在的房間。

「需要援護嗎？」

「不用！別到東側來！」

蓮與老大的對話……

「等一下！」

讓碧碧發出以她來說算是慌張的聲音。

緊接著……

「那是我們家的篠原！『M60E3』的聲音！」

嗚咿！

蓮在心中大叫的聲音……

「嗚咿！」

大衛實際叫出的聲音……

「反正無法反擊，妳想想辦法！」

跟老大的求助聲連結在一起。

如果是ZEMAL的其中一人，那麼機關槍應該連結著「背包型供彈系統」才對。可以連續射擊的子彈數大約是1000發。

實際上會因為槍身過熱而無法發射那麼多子彈，但是對他們來說，交換槍身的經驗甚至還多過洗臉的次數。所以一瞬間就能完成。

蓮雖然看不見，但是能猜想到狀況。

老大躲藏的房間受到彈雨襲擊。射擊剛才那兩個人時的彈道預測線應該被篠原看見了吧。篠原應該正在追那兩個人。

託磚頭的福，子彈一時之間還不會飛進房裡，但受到機槍掃射的話，就無法從窗戶探頭或者拿槍反擊。

這下頭痛了！

說起來，就算可以反擊也不能開槍。因為篠原可是碧碧的隊友。

如果自己在東側的話，至少可以讓對方看看現在仍在斗篷頭上的紅外線標誌燈，這樣篠原也就不會繼續開槍了吧。運氣真是太差了。

如果有時光機，就能跟幾分鐘前的自己說去防守東側了。

「我過去！」

聽見了碧碧的聲音。

蓮雖然看不見，但她現在應該從西側橫越房子前往東側。

待在房子南側的蓮其實比較近，所以她煩惱著是不是該由腳程較快的自己前往。只要想辦法讓對方看見紅外線標誌燈，篠原應該就會停止射擊了。

但碧碧既然已經前往，就別再強出頭了吧。

槍聲依然持續著。

希望別因為這樣而引來其他敵人，蓮除了注意南側之外，也必須盡可能監視碧碧離開的西側。

沒問題，碧碧會想辦法搞定的。

蓮才剛這麼想，就注意到某件事情。

槍榴彈發射器？

剛才老大這麼說了吧？最初的一擊是槍榴彈的攻擊對吧？

「碧碧，篠原有槍榴彈發射器嗎？」

「沒有，大概是跟誰聯手了吧。」

不愧是碧碧，早就注意到了嗎？

吧。

篠原應該跟某個持有槍榴彈發射器的玩家聯手，甚至可能已經跟三名以上的玩家合作了。

但只要讓篠原看見紅外線標誌燈，攻擊應該就會停止。

他應該也跟同伴說過不要攻擊自己的隊友，只要是正常的玩家應該就會順他的意停止攻擊

「我到了！」

碧碧的聲音。

她似乎進入了老大所在的房間。那道機關槍的槍聲一定馬上就會停止。希望是這樣。

拜託千萬別發生篠原不小心誤擊了碧碧這種事！

蓮拚命這麼祈禱著。真發生那種事的話不是太可憐了嗎？

緊接著——

M60E3的槍聲倏然止歇。世界恢復平靜。

碧碧的聲音在取回寂靜的世界中響起。

「篠原！跟我們會合！」

這道聲音透過通訊道具傳到蓮的左耳，實際的聲音則傳進右耳。

看來碧碧是用相當大的聲音在呼喚對方。

然後……

「哦哦哦哦哦哦哦哦！隊長！您在那裡嗎！抱歉對妳開了槍！」

篠原也以不輸給碧碧的聲音大叫。聽起來似乎比碧碧的聲音更大。

蓮這時鬆了一口氣。

看來是避開同隊相殘的悲劇了。

「我現在就過去那邊！」

篠原的聲音靠近，蓮從窗戶偷偷看向外面，發現從建築物東南方的霧裡出現一道人影。

蓮還是把Ｐ９０朝向該處，手指當然沒有放到扳機上，只是靜觀事情的發展。

穿越濃霧走過來的果然是模仿某動作電影男主角，在黑髮上綁了頭巾的ＺＥＭＡＬ成員之一——篠原。

他避開被轟飛的房子瓦礫跑向房子。

「抱歉隊長！我正在追兩名玩家，他們才剛剛逃向這棟房子！」

「那兩個人已經被我們打倒了。」

「了解！之後願意接受您任何的斥責！」

原來如此。

篠原跟聯手的某個榴彈發射器使用者正在追蹤被老大打倒的那兩個人嗎？

然後沒有確認到對方已經死亡。這樣的話，當然會不分青紅皂白就判斷屋內是敵人而死命開火了。

那兩個人筆直衝過來是為了逃離篠原他們嗎？這我能理解。

篠原在蓮的注視下跑了過來。

身穿作為小隊服的綠色羊毛外套，下半身是黑色戰鬥褲。

M60E3機關槍上有銀色金屬帶子一路延伸到背部的背包。

這樣就有優秀的機槍手這個強大的伙伴加入蓮他們四個人的行列了。感覺存活到十四點的機率又往上提升許多。

然後另一個使用槍榴彈發射器的玩家應該也會過來，戰力將更為增加！

哎呀，真是太好了。

蓮在心中這麼呢喃的瞬間，篠原就被轟飛了。

「咦？」

傳出了爆炸聲，奔跑的篠原就被往前面轟飛。

雖然沒有看到飛過來的樣子，不過是因為在背後炸裂的槍榴彈把他往前吹飛──

「嗚哇啊！」

在蓮的注視下，篠原隨著悲鳴飛了數公尺，頭部猛烈撞上房屋一樓的磚牆，然後直接不動了。

脖子被認定為骨折了嗎……

嗶啵。

「Dead」的標籤在他頭上閃閃發亮。

ZEMAL小隊──一人死亡。

「…………」

蓮露出茫然的表情，應該目擊到同樣光景的老大與碧碧也有相同的反應……

「發生什麼事了？」

監視著北側而不清楚狀況的大衛對她們問道。

於是蓮開口報告：

「篠原的同伴從霧裡面用槍榴彈擊中他的背後……篠原死亡了。」

蓮老實地把看到的情形說出來。這時也只能這麼說了。

看來那個人不是什麼正常的玩家。

「原來如此……真是個卑鄙的傢伙。」

大衛充滿沉靜憤怒的聲音傳了回來。

老大的聲音繼續表示：

「雖然不知道身分，不過是個無法稱為武士的野蠻人……只要稍微露臉，我就要幹掉他。

別阻止我喔？」

沒有任何人反對。也沒有人吐嘈關於武士的事情。

恐怖的是保持著沉默沒有說任何一句話的碧碧。真的很恐怖。

總是為隊友著想的她，應該對這件事情感到相當火大才對。

幸好沒有跟她待在同一個房間。

蓮心裡這麼想，但沒有說出口。

然後——

啊……不會吧……

蓮心裡雖然這麼想，但實在不願意有這個念頭。

自己就認識一個槍榴彈使用者，會毫不猶豫地用槍榴彈發射器攻擊直到剛才都還聯手的同伴背部。

真的有一個。

難……道……說……

蓮的心跳已經快到開始擔心AmuSphere會不會自動斷線的地步。她的心兒正怦咚怦咚地跳著。

不會吧不會吧不會吧不會吧不會吧不會吧……

等等，應該不會發生這種事才對。

因為M確實說過「妳躲起來別亂動」了不是嗎？

已經確實傳達過作戰了不是嗎？

但是……

那個傢伙也曾有過「誰管作戰啊，只要開心就好其他不重要」般的行動……

嗯，她就是那樣的傢伙……

嗯，我很清楚……

因為，你以為我當了她幾年的好友？

這些我當然都知道。

但是！拜託千萬不是！

就像要回答蓮內心的喊叫一樣，霧裡面對著房子發出讓人害怕的聲音。

「碧碧，妳這傢伙——！長年的——積怨——！」

「啊啊……」

蓮仰頭看著天空……

「在這裡遇見了——！就是妳的死期到了——！現在就用電漿榴彈把妳連同那棟房子一起炸到宇宙的盡頭去啊啊啊啊啊啊啊啊啊啊啊啊啊啊啊啊啊

啊！」

耳朵裡聽見了不可次郎的聲音。

（to be continued…）

後記

大家好我是時雨沢。非常感謝您購買這本ＧＧＯ第十一集。

我現在拿著跟蓮一樣的手槍，擺出跟第十集封面的蓮同樣的動作。

我說的不是照片。

或許會覺得我突然間不知道在說什麼，不過這其實是很正經的一件事。

不過這裡的手槍是空氣槍。

大家應該已經知道了吧！（編輯部註：我們認為太強人所難了。）

沒錯，就是蓮在書裡面拚命扣扳機的粉紅色手槍以空氣槍（正確來說是「反衝氣動槍」）的形式發售了！

由日本具代表性的空氣槍廠商之一TOKYO MARUI推出的「AM.45 Ver.LLENN Vorpal Bunny」（以下稱「Vorpal Bunny」）在去年（二〇二〇年）四月，以聯名商品的形式發售了！去年三月出版的ＧＧＯ第十集時間上來不及介紹！

或許大家還記得我以前曾在第九集的後記裡大大地感謝了粉紅塗裝的電動空氣槍「P-90 Ver.LLENN」發售了這件事，

這次是手槍！是以TOKYO MARUI公司原本作為概念槍發表的槍械為基礎，再由設計師「秋本こうじ」老師設計出黑色槍械「AM.45」讓我在本作中使用的就是Vorpal Bunny，結果現在竟然還以空氣槍的形式發售……身為作者的我感覺快要飛上天了。整個人在空中飄。地面看起來好遙遠。啊啊，空氣變稀薄了。明明是白天星星卻好漂亮。

然後今年（二〇二一年）的三月，將發售普通的黑色版，也就是Pitohui在本作裡使用的「AM.45」。

空氣槍Vorpal Bunny與AM.45的商品盒子上都使用了黑星紅白老師的插畫。AM.45是以Pitohui為主的新插畫！而且我也一起寫了新的短篇。是只有在這裡才能看到的番外篇。

以空氣槍來說性能無可挑剔，世界唯一的原創設計當然也很帥氣，Vorpal Bunny是其他地方很罕見的全身粉紅色槍械——不論是拿來射擊還是裝飾都是充滿魅力的一件商品。

不像P90是完全限定生產，它是經過一段期間後就會再次生產的商品。最後將會以定價陳列在店裡才對。看見的話請務必買個一兩把放在您的懷裡如何呢？以化身成蓮與Pitohui的心情，跟著時雨沢一起耍帥吧！

就讓我以上面的空氣槍宣傳來代替後記吧！

原本打算就這麼結束，結果責任編輯……

「你太扯了吧。」

以社會人士的口吻說出這種意思的話而且對我發了脾氣，所以就繼續寫一些後記吧。

當然沒有任何關於本文的劇透。

相對地，在這邊先告訴大家一個小常識，英文的劇透就是「spoiler」。

也就是「毀掉樂趣的事物（或者人）」之意。

同學，這裡考試可能會考，也可能不會考喔。

各位，第十一集了！

在這裡透露一件只有作者跟少數相關人士才知道的事情，就是在故事的構成上，ＧＧＯ原本在第十集就要結束了。

但各位讀者一直跟隨著我（＝書持續熱賣）的緣故，所以創作了新的ＳＪ。因為大家我才能繼續寫下去。

我本來就很喜歡寫ＧＧＯ的故事，聽到能夠繼續寫下去，我當然是開心地努力繼續創作嘍。也就是現在各位看到的，是在各位的熱情支持下誕生的第十一集。真的很感謝大家。

隨著時間經過，Squad Jam終於來到第五屆了。

規則一直不變的話，遊戲玩家、創作者與讀者都會覺得刺激感變淡，所以這次也提出了足以讓作品內玩家感到火大的奇怪規則。

至今為止的Squad Jam特殊規則，有些是我把在生存遊戲（也就是用空氣槍來模擬戰爭）裡體驗到的有趣規則直接拿來當成範例，不過這次的這些就是在現實世界無法重現的內容了。

只能說VR遊戲世界萬歲。能夠和平且安全地享受不會有任何人死亡的槍戰真是太棒了。

如果真的有VR完全潛行遊戲，我真的真的很想玩玩看GGO。然後我的愛槍就是「SIG550」。

我總是帶著「這樣的日子絕對會來臨」的想法在過生活。在我變成老人時不知道會不會成真?這樣的話我可能會一直潛行。

「那家的老爺爺最近都沒看到人耶。」

絕對會有人這麼擔心我。不要緊我沒事喔。

這兩年的生活讓我了解到未來的事情真的很難說。

不過時雨沢一直深信，既然事情有往壞的方向發展的時候，就一定也會有往好的方向發展的時候。

因此我還是會為了接下來的未來而努力，首先可以知道的是我不完成本書的下一集的話就無法邁開下一步。這個檔案傳給編輯部後就開始創作下一集。

下一集裡，蓮與不可次郎將會大鬧一番。就跟平常一樣。敬請期待。

那麼我們ＧＧＯ第十二集再見了。

二〇二一年　時雨沢惠一

槍的握柄
握起來很舒服，
所以平底鍋之類的
也這樣的話……
是不是非常棒的
商品呢？
黑星紅白

你喜歡的不是女兒而是我!? 1~5 待續

Kadokawa Fantastic Novels

作者：望公太　插畫：ぎうにう

在好不容易開始交往的兩人前方等待的，
是卿卿我我的同居生活？還是——

我終於和阿巧成功交往，卻必須為了工作單身赴任。下定決心要談一場遠距離戀愛的我隻身來到東京，迎來的卻非遠距離戀愛，而是同居生活？居然這麼突然就要同住一個屋簷下，無論是吃飯還是洗澡……就連臥室也共用一間，這下我們會變成怎樣啦！

各 NT$220/HK$73

新說 狼與辛香料

狼與羊皮紙 1~8 待續

Kadokawa Fantastic Novels

作者：支倉凍砂　插畫：文倉 十

寇爾與繆里前往各方顯學雲集的大學城
當地竟爆發教科書戰爭！

寇爾和繆里為了繼續推行聖經的印刷大計，離開溫菲爾王國前往南方大陸的大學城雅肯尋求物資與新大陸的消息。寇爾當流浪學生時，曾在雅肯待過一陣子。如今城裡爆發了將其撕裂成兩部分的亂象，且中心人物的別名居然是「賢者之狼」——？

各 **NT$220~300/HK$70~100**

三角的距離無限趨近零 1~7（完）

Kadokawa Fantastic Novels

作者：岬鷺宮　插畫：Hiten

我愛上的那個女孩體內住著兩個靈魂——
與雙重人格少女譜出的三角戀愛故事。

雙重人格即將結束，意味著「秋玻」與「春珂」其中一方會消失。我和快要喪失界限的兩人一起踏上旅程，前去找尋讓她變成這樣的原因。在旅程的終點，我們得知雙重人格的真相是——還有，我們找到的「答案」究竟是——三角關係戀愛故事堂堂完結。

各 **NT$200~220/HK$67~73**

魔王學院的不適任者~史上最強的魔王始祖，轉生就讀子孫們的學校~ 1~10〈上〉待續

作者：秋　插畫：しずまよしのり

Kadokawa Fantastic Novels

阿諾斯向「世界瑕疵」的真相發起挑戰，
第十章〈眾神的蒼穹篇〉！

為了取回被奪走的德魯佐蓋多與艾貝拉斯特安傑塔，阿諾斯一行人踏入神居住的領域——眾神的蒼穹。掌管生命輪迴的四位神，以及應該要循環的生命正逐漸減少這件令人震撼的事實，在那裡等待著他們。然而生命減少，無非意味著世界正緩慢地邁向滅亡……

各 **NT$250~320/HK$83~107**

新約魔法禁書目錄 1~22 REVERSE 待續

Kadokawa Fantastic Novels

作者：鎌池和馬　插畫：はいむらきよたか

這是將「魔法與科學交叉」匯聚於一處的故事。
見證「新約」篇的結局吧！

於英國清教的聖地溫莎堡，在慶功宴受到熱烈歡迎的上条，也看見了茵蒂克絲、御坂美琴、食蜂操祈等人的身影。「和平」真的到來了——但克倫佐戰之後，上条的右手不是已經爆開了嗎？緊接著，怪物襲擊溫莎堡……長了翅膀的蜥蜴，究竟意味著什麼？

各 **NT$180~300/HK$55~100**

國家圖書館出版品預行編目資料

Sword Art Online刀劍神域外傳Gun Gale Online. 11, 5th特攻強襲. 上/時雨沢惠一作 ; 周庭旭譯. -- 初版. -- 臺北市 : 臺灣角川股份有限公司, 2023.04

面 ; 公分

譯自 : ソードアート.オンライン オルタナティブ ガンゲイル.オンライン. XI, フィフス・スクワッド.ジャム〈上〉

ISBN 978-626-352-414-9(平裝)

861.57 112001325

Kadokawa
Fantastic
Novels

Sword Art Online刀劍神域外傳 Gun Gale Online 11

— 5th 特攻強襲（上）—

(原著名：ソードアート・オンライン オルタナティブ ガンゲイル・オンラインXI —フィフス・スクワッド・ジャム〈上〉—)

2023年4月12日 初版第1刷發行

作　　者：時雨沢恵一
插　　畫：黑星紅白
原案・監修：川原 礫
日版設計：BEE-PEE
譯　　者：周庭旭

發 行 人：岩崎剛人
總 編 輯：蔡佩芬
副總編輯：朱哲成
美術設計：宋芳茹
印　　務：李明修（主任）、張加恩（主任）、張凱棋

發 行 所：台灣角川股份有限公司
地　　址：104台北市中山區松江路223號3樓
電　　話：（02）2515-3000
傳　　真：（02）2515-0033
網　　址：www.kadokawa.com.tw
劃撥帳戶：台灣角川股份有限公司
劃撥帳號：19487412
法律顧問：有澤法律事務所
製　　版：巨茂科技印刷有限公司
ISBN：978-626-352-414-9